PANDORA UND DER HÄFTLING

EINE SCI-FI-ALIEN-LIEBESGESCHICHTE
(ALIENENTFÜHRUNG BUCH 16)

HONEY PHILLIPS

Cover Design von Maria Spada Book Cover Design
Editiert von Lindsay York LY Publishing Services
Deutsche Fassung übersetzt von Kristina Seitz 2024 im Auftrag der Autorin

Erstellt mit Vellum

KAPITEL EINS

Boxtar saß zusammengekauert zwischen den Felsen und beobachtete zufrieden, wie die Karawane der Sleestiks auf der anderen Seite des Flusses hielt. Eine Handvoll der kleinen Reptilienmänner versammelten sich am Ufer und betrachteten missmutig die zerstörte Brücke.

„Mir gefällt das gar nicht", murmelte Worvak. Boxtar lachte und erwiderte:

„Dir gefällt nie irgendwas."

Sein Stellvertreter war bekannt dafür, dass er neuen Ideen grundsätzlich nicht zustimmte. Worvak ignorierte diese Erwiderung und sagte:

„Wir sollten sie direkt konfrontieren und sie in einem ehrenhaften und glorreichen Kampf besiegen."

„Was soll ehrenhaft daran sein, sleestikische Händler abzuschlachten, die halb so groß sind wie wir?"

„Wir könnten sie ja auch überleben lassen“, kam ihm Worvak entgegen, aber Boxtar schüttelte nur den Kopf. Diese Diskussion führten sie schon, seit er zum ersten Mal seinen Plan ausgesprochen hatte.

„Mir gefällt es auch nicht, aber es ist der schnellste Weg, unser Ziel zu erreichen, und die Zeit läuft uns davon. Es ist fast Winter.“

Besorgt schaute er über seine Schulter in Richtung der Berge, die auf ihrer Seite des Flusses hinter ihnen aufragten. Der Schnee auf den Gipfeln war eine sichtbare Erinnerung daran, dass der Winter bald über Maskah kommen würden.

„Also der da wäre doch ein ziemlich würdiger Kampfgegner.“ Worvaks Worte lenkten Boxtars Aufmerksamkeit wieder auf die andere Flussseite. Wo ein daichinischer Mann auf die beschädigten Holzplanken trat. Er war so groß wie Worvak und sein muskulöser Körper war deutlich sichtbar, weil er nur einen Lendenschurz und einen Waffengürtel trug. Seine schlichte Bekleidung und seine beeindruckenden Stoßzähne ließen ihn recht furchterregend erscheinen, aber eigentlich sah er eher nachdenklich als wütend aus.

Leise kommentierte Boxtar: „Das ist ungewöhnlich. Normalerweise sieht man keinen vom Volk der Daichin mit einer Gruppe Sleestiks. Er ist bestimmt angeheuert als Wachmann für die Karawane.“

Worvak ballte seine riesigen Hände zu Fäusten und sagte: „Dann werde ich ihn besiegen und die Sleestiks werden sich uns beugen.“

Boxtar seufzte. Worvak sah noch immer alles als Teil der Kriegerkultur, in der er aufgewachsen war.

„Wir halten uns an den Plan. Wenn der daichinische Mann sich heute nicht ergibt, dann kriegst du vielleicht doch noch deinen Kampf." Der große Mann auf der anderen Flussseite ging zurück zu den Händlern und sie schienen zu besprechen, was sie als nächstes tun würden. Plötzlich schoss eine kleine, rothaarige Gestalt auf die Brücke. *Das ist eine Frau,* bemerkte er sofort auch wenn sie wie keine Frau aussah, die er je zuvor gesehen hatte. Sie hatte ein seltsames Shirt sowie sehr kurze Hosen und bunte Fußbedeckungen an, so dass der Großteil ihres blassen, wehrlosen Körpers nackt war. Wer war sie?

Während er sich diese Frage stellte, begann der Daichin, ihr hinterher zu gehen. Die Frau wollte wegrennen, aber das Brett, auf dem sie stand, gab nach und sie fiel hinab in das tosende Gewässer unter der Brücke.

Nein! Er war schon fast aufgesprungen, als Worvak ihn wieder hinab zog.

„Du kannst sie sowieso nicht rechtzeitig erreichen."

Bevor Boxtar etwas sagen konnte, war der daichinische Mann schon hinter der Frau her ins Wasser gesprungen. Er sah den roten Kopf noch ein, zwei Mal kurz aus dem Wasser auftauchen und dann sah er, wie der daichinische Mann sie erreichte und sie packte, bevor sie flussabwärts um die Biegung aus Boxtars Blickfeld verschwunden waren.

„Ich hab dir doch gesagt, dass es keine gute Idee war", kommentierte Worvak düster.

„Du hast also vorhergesehen, dass eine leichtsinnige kleine Frau versuchen wird, über die Brücke zu rennen?" Seine Stimme war schnippisch, aber eigentlich war er mehr wütend auf sich selbst als auf seinen Begleiter. Sein Plan hatte Leben retten sollen, nicht weitere Probleme verursachen. Worvak legte seine große Hand kurz auf Boxtars Schulter und sagte: „Nein, du hättest nicht wissen können, dass sie eine Frau dabei haben oder dass sie so leichtsinnig handeln würde. Der Mann vom Volk der Daichin hat sie jetzt und das ist sein Heimatgebiet."

Die Sleestiks unterhielten sich wieder angeregt, aber der Mann, der scheinbar der Anführer der Truppe war, ignorierte das Geplapper und trat selbst auf die Brücke. Er überquerte den Fluss komplett, dann kam er zurück und schien sehr bestimmt einen Befehl zu geben. Obwohl es offensichtlich war, dass sie es nicht tun wollten, spannten sich drei der Männer vor den ersten Gleitschlitten und zogen diesen langsam und nervös über die Brücke. Als sie auf der anderen Seite ankamen, wurde ihr Erfolg von den anderen Kaufleuten bejubelt und die nächsten Männer machten sich auf den Weg.

Genau wie Boxtar es geplant hatte, dauerte es ziemlich lange, bis die Händler die Schlitten einzeln über den wackeligen Untergrund gezogen hatten. Es würde bis zum Nachmittag dauern, bis sie alle auf der anderen Flussseite waren, und er war sich recht sicher, dass sie ihr Lager dort aufschlagen würden, wo Boxtar es vorher gesehen hatte. Während er beobachtete, wie die Männer sich über die Brücke quälten, fragte er sich mal wieder, wie es so weit kommen konnte, dass er solche Maßnahmen hatte ergreifen müssen.

Vor zehn Jahren war er ein junger aufstrebender Offizier in der balainischen Flotte gewesen. Doch dann war er verurteilt und in ein Imperiales Gefängnis gesperrt worden für ein Verbrechen, das er nicht begangen hatte. Es war auch nicht nur irgendein Gefängnis gewesen; er war in den geheimen unterirdischen Teil der Strafanstalt gesteckt worden und er konnte entweder um sein Überleben kämpfen oder sterben. Wenn

Worvak nicht so stur und erbittert nach ihm gesucht hätte, dann wäre er noch immer in diesem Drecksloch, doch irgendwie war es dem großen Harkaner gelungen, ihn nicht nur zu finden, sondern auch einen Fluchtplan zu entwerfen.

Erst als er erfolgreich geflohen war, wurde ihm klar, dass er trotzdem noch nicht frei war. Was die Imperiale Regierung anging war er ein geflohener Schwerverbrecher. Außer seinen Fähigkeiten als Kämpfer hatte er keine Qualifikationen und keine offizielle Armee hätte ihn aufgenommen. Also war er stattdessen auf diesem abgelegenen Planeten gelandet, auf dem es fast keine Imperiale Präsenz gab, und jetzt war er im Begriff, eine Handelskarawane zu bestehlen.

„Das ist der letzte", bemerkte Worvak und Boxtars Aufmerksamkeit richtete sich wieder in Richtung des Flusses, wo der Schlitten auf ihrer Seite des Flusses ankam.

„Sehr gut. Dann lass uns sicher gehen, dass alles vorbereitet ist."

Sie machten sich zwischen den Felsen davon und gingen dann den Waldweg entlang, von dem aus man gut auf den Pfad unter ihnen sehen konnte. Da sie keine Schlitten hatten, waren sie schnell wieder vor der Karawane und trafen auf den Rest ihrer Truppe. Seine Männer und ihre Reittiere hatten sich in den Wäldern über einer breiten Wiese an einem Bach versteckt. Er fragte:

„Ist alles vorbereitet?"

„Klar, Chef." Doch dann fragte Gazar: „Was, wenn sie nicht hier anhalten?" Er war ein schlanker und unschuldig aussehender Lyosianer, aber sein unscheinbares Aussehen trügte. Er wusste sehr gut mit Messern umzugehen, war schnell, clever und gerissen.

„Das werden sie aber“, sagte er mit Nachdruck und weigerte sich, seine eigenen Zweifel zuzulassen. „Es ist der einzige Ort in der Gegend, wo genug Platz für ihre übliche Wagenburgformation ist.“ Dann zuckte er mit den Schultern und fügte hinzu: „Und falls sie dran vorbei gehen, dann müssen sie entlang des Pfades ausruhen und wir können sie dort überraschen.“ Er hoffte, dass es nicht so weit kommen würde. Wenn sie an dem Ort ihr Lager errichten würden, wo er es vorgesehen hatte, dann würde die kleine Überraschung, die Housen, einer seiner Kameraden, vorbereitet hatte, den geplanten Raub sehr einfach machen.

Schon kurze Zeit später erblickten sie die ersten Schlitten, die auch am Rand der großen Wiese hielten. Die Kaufmänner schienen zu streiten. Soweit er es an ihrer Körpersprache ablesen konnte, vermutete Boxtar, dass der Anführer versuchte, darauf zu bestehen, dass sie noch weiter gehen würden, während die anderen Männer sich dagegen wehrten. Letztendlich hob der Anführer ergeben die Hände und trat beiseite. Wie geplant bewegten die Schlitten sich jetzt auf das offene Feld.

So wie es bei den Sleestiks üblich war, gruppierten sie die Schlitten um einen runden Sammelplatz und begannen Holz für ein Feuer zu sammeln. Einige schlugen Reisezelte auf, aber die meisten legten einfach ihre Bettrolle um das Feuer herum auf den Boden. *Großartig.*

Die Sonne ging bereits unter, während sie noch ihr Lager errichteten, und die Dunkelheit breitete sich auf der Wiese aus. Abgesehen von ein paar zerstreuten Laternen ging das einzige Licht vom Feuer in der Mitte aus. Er beobachtete, wie die Sleestiks ihr Abendessen verspeisten. Niemand blieb nach dem Essen am Feuer sitzen. Bestimmt planten sie sehr früh aufzubrechen nach der Verzögerung, die die beschädigte Brücke ausgelöst hatte.

Sobald die meisten sich hingelegt zu haben schienen, gab er Housen ein Zeichen. Der nickte und hob sein extra angepasstes Gewehr hoch. Ein leises Pop-Geräusch ertönte kaum hörbar und etwas kleines Kugelförmiges flog in die Lichtung und landete neben dem Feuer, wo es sich in Rauch auflöste, der kaum vom Rauch des Feuers zu unterscheiden war. Weitere dieser Geschosse folgten und landeten an ausgewählten Punkten im ganzen Lager so dass sich überall eine dünne Rauchdecke ausbreitete. Falls einige der Sleestiks noch wach waren, dann würde es wie ein natürlicher Abendnebel aussehen. Das war extrem genial von Housen.

Zwei der Sleestiks standen an der Seite der Wiese Wache, die zum Weg zeigte. Sie hatten ihre Wachposten an den unterschiedlichen Seiten des Lagers begonnen, aber sobald ihr Chef außer Sicht war, hatten sie sich in der Mitte getroffen und ein Würfelspiel begonnen. Er schaute zu, wie der Nebel sie umgab und ihre Köpfe sich hinab senkten. Keiner von beiden konnte Alarm schlagen und kurz darauf lagen sie am Boden. Perfekt.

„Jetzt?" Gazar bebte regelrecht vor Vorfreude und griff nach einer Atemmaske.

„Ja. Geht nicht in die Nähe der Zelte. Die waren dem Gas möglicherweise nicht ausgesetzt und wir wollen niemanden wecken. Geht zu den Schlitten und nehmt wie besprochen nur mit, was klein, aber wertvoll ist."

Seine Männer nickten, zogen die Masken über und verschwanden. Worvak sagte:

„Ich werd Wache halten."

„Gib ein Zeichen, falls sich jemand anfängt zu regen“, sagte er zustimmend und ignorierte Worvaks widerwilliges Brummeln, als er den Pfad hinab Richtung Lager ging.

Obwohl er seinen Männern gesagt hatte, sich fern zu halten, wollte er selbst die Zelte überprüfen, vor allem das des Anführers dieser Karawane. Er öffnete leise die Eingangsklappe des größten Zelts und blickte hinein. Der Mann schnarchte laut mit schlappem Körper auf einem Stapel teurer Seidenteppiche. Boxtar schaute diese nachdenklich an. Die waren zwar viel wert, aber sie waren sperrig und schwer zu tragen.

Die andere Seite des Zeltes sah etwas vielversprechender aus: Hier war alles voller Körbe und Kisten und er schlich ins Zelt, um genauer zu untersuchen, was es dort gab. Er entdeckte zwischen den Waren eine Sammlung antiker Münzen sowie einige Edelsteine. In einem Beutel fand er auch einige alte Schriftrollen die zwar wertvoll waren, aber schwierig zu verkaufen sein würden. Er kippte die Rollen auf den Boden und nutzte den Beutel für die anderen Sachen, die er ausgewählt hatte. Als der Beutel voll war, trug er ihn zurück zu seinem Mori und sah, dass bereits einige andere Bündel und Beutel auf die anderen Tiere geladen worden waren. Er hielt inne, um kurz mit Worvak zu sprechen.

„Hat sich was bewegt?“

„Wenig, der am Feuer da drüben hat ein paar mal seine Beine bewegt.“

„Beobachte sie weiter“, befahl er. „Wenn er sich hinsetzt, dann gib das vereinbarte Zeichen, dass wir zurück kommen.“

Als er sich wieder auf den Weg durch die schattige Dunkelheit machte, um sich das zweite Zelt vorzunehmen, stieß sein Fuß gegen etwas Weiches. Zuerst nahm er an, dass er gegen einen der schlafenden Sleestiks gelaufen war, und er beugte sich sofort hinab, um dem Mann gegebenenfalls den Mund zuzuhalten, falls er sich bewegte. Doch statt der harten und schuppigen Haut, die er erwartet hatte, war seine Hand auf einem warmen, weichen Hügel mit einer Spitze gelandet, die an seiner Handfläche hart wurde. Er brauchte wesentlich länger, als ihm lieb war, bis er verstanden hatte, dass seine Hand auf der Brust einer Frau lag.

Noch eine Frau?

Er beugte sich noch tiefer hinab und drehte sie sanft von ihrer Seite auf den Rücken. Üppige Kurven drückten sich gegen das seltsame Outfit, das sie trug, und die Wolke aus dunklem Haar, die ihr Gesicht bedeckt hatte, fiel zur Seite und er sah ihre blasse, sehr blasse Haut und ihren runden, verführerischen Mund. Er erinnerte sich an die rothaarige Gestalt, die er in den Fluss hatte fallen sehen.

Waren sie von derselben Spezies? Er konnte wenig Ähnlichkeiten feststellen, abgesehen von der ungeschützten Haut, aber sie waren beide mit den sleestikischen Männern unterwegs gewesen. Was machten diese Frauen hier?

Als sein Blick ihren Körper hinab wanderte, versuchte er nicht zu lange ihre großen Brüste anzustarren. Als er an ihr hinab schaute, bemerkte er schließlich, dass ihre Hände vor ihrem Körper gefesselt waren. *Diese sleestikischen Bastarde.* Wenn sie gefesselt war, dann war sie wohl nicht freiwillig mit ihnen gereist. Der einzige Grund, aus dem eine Handelskarawane eine Frau gefangen halten würde, war, dass sie sie auf dem Markt verkaufen wollten. Der Gedanke daran, dass diese fremde, weiche Frau irgendeinem zwielichtigen Typen, der eine Frau gegen ihren Willen kaufen würde, angeboten werden würde, widerte ihn an. Er konnte das nicht zulassen. Er schnitt ihre Fesseln an den Handgelenken durch und hob sie hoch. Fast hätte er aufgestöhnt ob der Wirkung, die das warme, weiche Fleisch hatte, das sich an seinen Körper drückte. Wie lange war es her gewesen, dass er das letzte Mal mit einer Frau zusammen gewesen war? Als er geflüchtet war, hatte er sich einige Male körperlich ausgelebt und für Frauen bezahlt, aber schnell bemerkt, dass eine rein körperliche Begegnung nicht viel bedeutete; und es gab keine Frau, der er genug vertrauen konnte, ihr seine wahre Identität zu verraten. Im Lauf der Jahre hatte er diesen Teil von sich einfach unterdrückt, aber jetzt pochte sein lange vernachlässigter Penis schmerzhaft fordernd. Er versuchte diese körperliche Reaktion zu ignorieren und bewegte sich schnell zurück zu seinem wartenden Mori.

Was jetzt? Er wollte sie nicht wie ein weiteres Warenbündel an gestohlenen Gütern über den Rücken des Tiers legen, aber er wollte sie auch nicht alleine auf dem Boden zurücklassen. Er überlegte noch, was er tun sollte, als er hörte, wie Worvak das Zeichen gab. *Scheiße.* Das Zeitfenster für ihren Raubzug hatte sich geschlossen.

Worvak tauchte einen Moment später auf und sein Blick fiel auf die Frau in Boxtars Armen.

„Du hast eine Frau mitgenommen?“ Seine Stimme war komplett neutral.

„Sie war eine Gefangene; und du weißt ja, was das für sie heißt. Ich konnte sie nicht dort lassen.“

„Also hast du vor, sie mit zu nehmen?“

„Ich glaube kaum, dass sie es schafft, alleine zu überleben.“

Worvak schüttelte den Kopf, aber sagte nichts mehr außer: „Steig auf, dann reiche ich sie dir hoch.“ Er zögerte und wollte die Frau überhaupt nicht an Worvak übergeben, auch nicht für einen kurzen Moment, aber es war ein vernünftiger Vorschlag. Er überreichte dem großen Krieger die Frau und stieg auf sein Mori. Dann verlangte er:

„Jetzt gib sie mir."

„Eine Frau zu stehlen wird Probleme verursachen", warnte ihn Worvak.

„Ich stehle sie nicht, ich rette sie. Jetzt gib sie mir."

Worvak hob die Frau hoch und Boxtar nahm sie schnell wieder in seine Arme. Er war erleichtert, als ihre weichen Kurven sich wieder an ihn schmiegten. Er war besorgt, dass sie der kalten Nachtluft ausgeliefert war, zog deshalb seinen Umhang aus und legte ihn über sie.

„Mein Großvater hat mal gesagt, dass jede gute Partnerschaft mit einer Entführung anfängt."

Worvaks tiefe Stimme unterbrach seine Gedanken und er schaute hoch und sah, dass der Mann ihn nachdenklich anschaute.

„Ich entführe sie nicht."

Worvak hob nur eine Augenbraue und widmete sich dann der Aufgabe, Anweisungen zu geben, als die anderen Männer zurück kamen. Gazar war natürlich der letzte, der zurück kam, und er trug eine riesige Rolle der Seidenteppiche, die Boxtar absichtlich zurückgelassen hatte. Irgendwie gelang es Gazar, sie an seinem Mori festzubinden. Dann stiegen alle Männer auf ihre Tiere und sie ritten in die Nacht hinein.

KAPITEL ZWEI

Als Pandora aufwachte, spürte sie, dass sie sanft hin und her gewiegt wurde. Ihr Kopf hämmerte schmerzhaft und ihr war schlecht. Sie hob eine Hand an ihren Kopf und hielt dann inne. Sie war doch gefesselt gewesen, warum konnte sie ihre Hand bewegen?

Ihre Augenlider fühlten sich fast zu schwer an, um sie zu bewegen, aber sie zwang ihre Augen, sich zu öffnen. Es war noch immer dunkel und sie sah, wie sich Äste von Bäumen über ihr vorbeibewegten und Schatten an den Nachthimmel warfen. *Wo bin ich?*

Die Bäume erinnerten sie an den Wald, der die Hütte umgeben hatte, zu der sie mit ihren Freundinnen Quinn und Olivia gefahren war, um ihren Geburtstag zu feiern. Bevor plötzlich ein Außerirdischer aufgetaucht war und sie entführt hatte. Schon der Gedanke daran, von Außerirdischen entführt worden zu sein, schien so lächerlich. War das alles nur ein Traum gewesen?

Das hier fühlt sich nicht wie ein Traum an, dachte sie, als sie versuchte, sich aufzusetzen. Die Nachtluft fühlte sich kalt auf ihrem Gesicht an und der Duft der Bäume vermischte sich mit einem köstlichen, kräftigen Geruch. Ein Arm schloss sich fester um ihre Taille. Jetzt merkte sie, dass sie auf einem sonderbaren, außerirdischen Tier ritt, dass große, fluffige Ohren und ein gestreiftes Fell hatte. Genauer gesagt wurde sie wohl von einem Alien festgehalten, der auf dem Tier ritt.

Definitiv kein Traum.

Die Arme des Fremden waren wie eiserne Bänder fest um sie gelegt. Es war nicht schmerzhaft, aber sich aus den Armen befreien zu können stand außer frage. Sie unterdrückte ihren ersten Instinkt, sich zu bewegen und gegen die Arme anzukämpfen, weil sie wusste, dass das Energieverschwendung wäre. *Wie bin ich bei diesem Typen gelandet?*

Der Außerirdische, der sie aus der Hütte entführt hatte, hatte auf diesem Planeten hier eine Bruchlandung hingelegt und sie waren alle aus einer Stasis aufgewacht und waren plötzlich die Ware einer Gruppe von kleinen Reptilienmännern. Jetzt ritt sie plötzlich mit einem Fremden durch die Dunkelheit und sie sah die Kaufmänner nirgends. Hatten sie sie verkauft, während sie geschlafen hatte?

Sie schaute hoch zu dem Mann, der sie festhielt und sah, dass er ebenfalls zu ihr hinab schaute. Bisher hatte sie drei Spezies an Außerirdischen gesehen: Den großen grauen Mann, der sie entführt hatte, die Händler und den Wachmann der Karawane, der wie ein Ork aussah. Der Mann, der sie festhielt, war ganz anders. Seine Haut fühlte sich ein bisschen ledrig an und schimmerte selbst in der Dunkelheit golden. Seine Haare waren lang und golden und umrahmten ein kräftig geschnittenes

Gesicht mit hohen, breiten Wangenknochen, einer Nase, die wie eine Waffenklinge aussah, und einem festen Mund. Er war eindeutig kein Mensch, aber als seine schlitzförmigen Pupillen anfingen, golden zu glänzen, stellte sie fest, dass er auch eindeutig attraktiv war. Ihr eigener Gedanke überraschte sie, da sie normalerweise nicht besonders auf das Aussehen anderer Leute achtete, schon gar nicht so etwas wie seine breiten Schultern und die festen Brustmuskeln, an die sie gelehnt war.

Er fragte sie etwas mit einer tiefen Stimme, deren Vibration sie durch seine Brust spüren konnte, aber sie verstand die Worte nicht.

„Es tut mir leid. Ich verstehe dich nicht."

Sie bemühte sich, ruhig zu klingen.

Er runzelte die Stirn und legte seine Hand über eines ihrer Ohren und klopfte dann vorsichtig auf darauf.

„Ich kann dich hören. Ich verstehe nur deine Sprache nicht."

Er runzelte erneut die Stirn und sagte etwas nach hinten über seine Schulter. Erst jetzt merkte sie, dass sie wohl nicht alleine unterwegs waren. Sie versuchte nach hinten zu schauen und er half ihr hoch, so dass sie jetzt nicht mehr in seinen Armen lag, sondern auf seinem Schoß saß.

Sie schaute hinter ihn und sah noch mehr dieser seltsamen Tiere, auf denen Reiter saßen, auch wenn es schwer war, in der Dunkelheit unter den Bäumen Details zu erkennen. Die Gestalt direkt hinter ihm wirkte auf sie sehr groß und unheimlich, auch wenn sie eigentlich nur erkennen konnte, wie groß der Typ war, nicht wie er sonst aussah. Wer waren diese Leute und warum war sie bei ihnen?

Sie schaute hinter die große Gestalt und sah noch vier weitere Reiter. Die Tatsache, dass sie sich so geräuschlos durch die Nacht bewegten, machte ihr Sorgen, und plötzlich fragte sie sich, ob sie vielleicht nicht verkauft, sondern gestohlen worden war. Hatten diese Typen die Karawane ausgeraubt? Sie schaute angestrengt nach hinten und versuchte zu sehen, ob noch jemand eine zweite Person auf dem Reittier hatte. Sie schienen alle allein zu sein, was wohl hieß, dass sie Quinn nicht mitgenommen hatten. Sie spürte einen Kloß im Hals. Das hieß nicht nur, dass sie alleine war, sondern dass Quinn auch alleine war. Wer würde sich um ihre hübsche und fragile Freundin kümmern?

Zunächst verspürte sie den Impuls, den Räuber davon überzeugen zu wollen, sie zurück zu bringen, aber als sie sich aufrichtete, wurde ihr plötzlich bewusst, dass die Härte unter ihrem Po ein sehr großer und sehr erigierter Penis war. Ihr Herz begann heftig zu pochen. Die Händler hatten kein großes Interesse in ihnen als Frauen gezeigt, nur als wertvolle Objekte, die man verkaufen konnte. Aber der Mann, der sie jetzt hatte, interessierte sich scheinbar sehr stark für die Tatsache, dass sie eine Frau war.

Selbst wenn er vorhatte sie zu verkaufen, was würden er und seine Männer davor mit ihr anstellen?

*Vielleicht ist es besser, dass Quinn nicht hier ist,*versuchte sie sich selbst einzureden. Doch diese Situation verringerte nicht gerade ihre Sorge um ihre Freundin; oder ihre Schuldgefühle. Es war ihre Schuld, dass sie hier auf diesem außerirdischen Planeten gelandet waren. Sie war schließlich diejenige gewesen, die ihr Geburtstagswochenende in einer abgelegenen Berghütte hatte feiern wollen. Sie hatte die Vorstellung großartig gefunden, gemeinsam am Feuer zu sitzen, wenn es draußen kalt war und schneite, und sich zu unterhalten und in gemeinsamen Erinnerungen zu schwelgen.

Ihre Dreiergruppe hatte sich am ersten Tag an der Uni kennen gelernt. Sie hatte sich etwas verloren und fehl am Platz gefühlt und versucht sich für Kurse einzuschreiben, ohne völlig Panik zu kriegen. Sie war einundzwanzig gewesen, als sie angefangen hatte zu studieren, weil sie die drei Jahre nach der Schule damit verbracht hatte, ihre Großmutter zu versorgen, die sie aufgezogen hatte. Die anderen Studienanfänger schienen alle so jung zu sein. Doch dann wurde sie von einem Mädchen mit feuerroten Locken angerempelt und dann mit finsterem Blick angeschaut, so, als ob es Pandoras Schuld gewesen wäre, auch wenn sie nur da gestanden war. Sie entschuldigte sich trotzdem ganz reflexartig und die andere junge Frau schüttelte den Kopf und sagte:

„Warum entschuldigst du dich? Ich hab doch dich angerempelt."

„Tut mir leid", sagte sie nochmal und die rothaarige Remplerin lachte.

„Ich sehe schon, es wird nicht leicht, dir das abzugewöhnen. Ich bin Olivia."

„Ich bin Pandora."

„Pandora?", Olivia rümpfte die Nase und sagte dann entschlossen: „Viel zu lang. Ich werde dich stattdessen Panda nennen."

Es war das erste Mal, dass sie je einen Spitznamen gehabt hatte, und sie lächelte Olivia an.

Irgendwie schaffte sie es, sie beide erfolgreich anzumelden, auch wenn Olivia ständig von allem abgelenkt war, was um sie herum los war, egal ob es ein süßer Typ, ein Flyer für eine Party, oder ein Frisbeespiel war.

Doch Pandora hatte sich durch den Anmeldeprozess gekämpft und dann waren sie zu Pandoras Zimmer gegangen weil sie schon alles ausgepackt und verräumt hatte. Auf dem Weg dorthin fiel ihr auf, wie ein großer, sportlich aussehender Typ sich über ein kleines, blondes Mädchen beugte, das nicht einmal alt genug zum Studieren aussah. Das Mädchen sah völlig verschreckt aus.

„Schau mal zu den beiden da“, sagte sie leise zu Olivia. „Glaubst du, wir sollten was unternehmen?“

Olivia hatte nicht gezögert und war losgestürmt und hatte sich zwischen das Mädchen und den Typen geworfen und ihn angefaucht:

„Lass sie in Ruhe!“

Der Typ hatte spöttisch gelacht und gefragt:

„Und wer soll mich dazu zwingen? Du?“

Pandora hatte ihr Mobiltelefon hochgehalten und gesagt:

„Nein. Ich mache das. Ich habe die Nummer des Securityservice für den Campus schon eingespeichert.“ Dann hatte sie noch hinzugefügt:

„Dir ist schon klar, was die Strafe für sexuelle Belästigung ist, oder?“

„Das weiß ich nicht und es interessiert mich auch nicht.“ Trotz seiner lässigen Worte fing er an, etwas nervös auszusehen.

„Wenn du dir Kapitel vier, Absatz fünf der Uniregeln durchliest, dann kannst du nachlesen, dass du automatisch von den Kursen ausgeschlossen wirst und vielleicht von der Uni fliegst."

Der Typ trat einen Schritt zurück und sagte:

„Ich will keinen Ärger. Ich hab sie nicht einmal angefasst. Sag ihnen, dass ich dich nicht angefasst habe, Quinn."

Jetzt wandten sie alle drei dem blonden Mädchen ihre Aufmerksamkeit zu. Pandora erwartete nicht, dass sie etwas sagen würde, aber die Kleine hatte ihre schmalen Schultern aufgerichtet und ihm direkt in die Augen gesehen und dann gesagt:

„Doch, das hast du. Als ich dir dann gesagt habe, dass du aufhören sollst, hast du gesagt, dass du dafür sorgen würdest, dass es mir schon noch gefallen würde."

Pandora hob wieder ihr Telefon hoch und der Typ schaute erst sie an und dann zu Olivia, die beschützend einen Arm um Quinn gelegt hatte.

Er fluchte leise etwas vor sich hin, aber dann drehte er sich um und ging davon. Pandora hatte erleichtert aufgeseufzt und gesagt:

„Jetzt gehen wir erst einmal in mein Zimmer für eine heiße Schokolade. Willst du mitkommen, Quinn?"

Quinn hatte genickt und gelächelt und ihr hübsches Gesicht sah dadurch noch schöner aus. „Sehr gerne sogar."

Seit diesem Tag waren die drei Freundinnen gewesen, eine Freundschaft, die auch nach der Uni noch Bestand hatte. Pandora war Bibliothekarin geworden, so, wie sie das schon immer vorgehabt hatte, und Quinn arbeitete als Grafikdesignerin und ging ihrem künstlerischen Talent nach. Olivia hatte leider bisher noch nichts gefunden, was sie für länger als ein paar Monate am Stück interessierte. Trotz ihrer verschiedenen Lebenswege war die Verbindung zwischen ihnen immer sehr stark geblieben. Pandora vermutete, dass es daran lag, dass sie alle drei ansonsten recht alleine in der Welt waren. Ihre eigene Großmutter war gestorben, Olivia war von ihrer Mutter verlassen worden, weil die kein Interesse an ihrer eigenen Tochter hatte, und Quinn war ihr ganzes Leben in Pflegefamilien aufgewachsen. Irgendwie waren sie drei mehr als Freundinnen, sie waren Schwestern, und wegen Pandora waren sie drei alle in der Hütte gewesen, als der Alien, der sie entführt hatte, aufgetaucht war.

Was auch immer er mit ihnen vorgehabt hatte; seine Pläne waren durchkreuzt worden, als das Raumschiff auf dem Planeten, auf dem sie jetzt waren, abgestürzt war. Die Händler hatten sie dann dort in der Wüste gefunden. Sie vermutete, dass das alles hätte wesentlich schlimmer für sie hätte laufen können. Die Reptilienmänner hatten zwar offensichtlich nicht die besten Absichten für die drei Frauen, aber sie hatten ihnen auch nichts angetan. Sie hatten sie bis heute früh noch nicht einmal gefesselt. Doch nachdem Olivia auf die beschädigte Brücke gerannt war und ihre Freundinnen noch angefeuert hatte, ihr zu folgen, um zu fliehen, hatte sich das bald geändert.

Statt so zu entkommen war Olivia in den reißenden Fluss gestürzt und Baldric, der riesige Mann, der wie ein Ork aussah und sie bewacht hatte, war hinter ihr her gesprungen. Bevor die beiden vom Fluss davongetragen wurden, hatte Pandora noch gesehen, wie Olivia sich an Baldric festgeklammert hatte. Auch wenn er Olivia nicht angefasst hatte, war es ziemlich klar gewesen, dass sie ihn mochte und dass Olivia ihn auch attraktiv fand. Wenn es jemanden gab, der in dieser Wildnis auf ihre Freundin aufpassen konnte, dann war das Baldric.

Zargan, der Anführer der wandernden Händler, war unfassbar wütend gewesen darüber, dass er eine der Frauen und seinen Wachmann verloren hatte. Er hatte Quinn und Pandora die Hände gefesselt, bevor sie weiter gingen. Als sie für die Nacht das Lager aufschlugen, hatte er auch ihre Füße gefesselt.

Quinn hatte sich in den Schlaf geweint und wollte Pandora nicht glauben, die sagte, sie sei sich sicher, dass Baldric auf Olivia aufpassen und sich um sie kümmern würde. Quinn hatte bisher immer die Erfahrung gemacht, dass die Menschen, die man am meisten liebt, von einem gerissen werden.

Pandora war noch lange wach gelegen, nachdem Quinn eingeschlafen war, und hatte überlegt, was sie tun konnte. In der Wüste hatten sie schlechte Karten für eine erfolgreiche Flucht gehabt, aber jetzt, wo sie im Wald waren, war es realistischer zu entkommen. Sie hatte genug Natur- und Survivalbücher gelesen, um zumindest ein Grundwissen zu haben, wie sie in einer waldigen Umgebung überleben könnten. Wenn sie sich befreien konnten, dann könnten sie flussabwärts gehen in die Richtung, in die Olivia verschwunden war. Sie glaubte auch fest daran, dass Olivia versuchen würde, sie wieder zu finden.

Allerdings wollte Pandora nicht versuchen, ohne genügend Vorbereitung zu fliehen. Wenn sie eine Grundausrüstung und ein paar Lebensmittel zusammensuchen konnten, bevor sie gingen, dann wäre es wesentlich einfacher zu überleben. Sie fasste all ihren Mut zusammen und entschied sich, eine nächtliche Erkundungstour zu machen. Zargan hatte ihre Hände an der Vorderseite ihrer Körper zusammen gebunden und nach einer ganzen Weile schmerzhafter Verrenkungen und Versuche war es ihr gelungen, die Fesseln an ihren Fußknöcheln zu lösen. Die an ihren Händen konnte sie nicht lösen, aber es war zumindest ein Anfang.

Es war ruhig im Lager und sie hörte die Geräuschkulisse, die vorhin noch geschäftig klang, nicht mehr; der Zeitpunkt für eine kleine Erkundungstour schien ideal zu sein. Die Klappe am Hinterausgang des Zeltes ließ sich leicht öffnen und sie schlich sich in die Nacht hinaus. Die Karawane hatte sich auf einer großen Lichtung und Wiese auf einer Seite der Straße niedergelassen. Ansonsten waren sie von Bäumen umgeben und der Wald war so dicht, dass es für sie gleichzeitig beängstigend und ermutigend für eine Flucht war: Es könnte zwar ziemlich schwierig werden, sich hier durch den Wald zu schlagen, aber es wäre für die Händler genauso schwierig, sie wieder zu finden. Sie war sich sicher, dass der Wald nicht die heimische Umgebung für die Reptilienmänner war. Ihre breiten Füße, von schweren Lidern geschützten Augen und raue, schuppige Haut waren eindeutig für die Wüste geeignet.

Ein Nebel war aufgestiegen, seit sie das Zelt verlassen hatte, und waberte über den Boden, bevor er langsam nach oben aufstieg. Als der Nebel begann, über die Höhe ihrer Knie zu steigen, roch sie ganz schwach etwas Süßliches, was irgendwie hier nicht her zu passen schien.

Sie schaute sich nach blühenden Pflanzen um und schnupperte dann nochmal in der Luft umher, um zu versuchen herauszufinden, wo dieser Geruch her kam. Das war ein Fehler gewesen. Das tiefe Einatmen hatte dazu geführt, dass ihr schwindlig wurde, dann war sie gestolpert und auf den Boden gefallen, direkt in den Nebel hinein. Das letzte, an das sie sich erinnerte, war der Gedanke, dass sie wieder aufstehen musste.

Jetzt wurde ihr klar, dass es kein Nebel gewesen war, sondern eine Art Gas. Die Räuber hatten es benutzt, um alle im Lager ruhig zu stellen, damit sie einfach nehmen konnten, was sie wollten. Sie versuchte sich einzureden, dass die Tatsache, dass die Diebe eine gewaltfreie Methode gewählt hatten, ein gutes Zeichen war, aber sie fühlte sich trotzdem nicht gerade wohl damit, alleine in einer Gruppe fremder Männer durch die Nacht davon zu reiten.

Vor allem, weil sie die Erektion unter sich so deutlich spürte, auch wenn der Mann nichts zu unternehmen schien, diese Erektion auszunutzen. *Vielleicht wartet er nur darauf, dass wir anhalten,* sagte eine kleine Stimme in ihrem Kopf. Schließlich konnte er wohl kaum während des Reitens über sie her fallen. Sie erschauderte und der Mann wickelte sie fester in den Umhang, der auf ihr lag.

Nein. Sie weigerte sich, sich so ihren Ängsten hinzugeben. Sie würde einen Plan schmieden. Sie begann, ihre Optionen im Kopf durchzuspielen, doch die Wärme des Umhangs und des Körpers hinter ihr so wie die sanft wiegende Bewegung des Tieres sowie vielleicht auch die Reste des Schlafgases führten dazu, dass sie wieder einschlief.

KAPITEL DREI

Sein pochender Schwanz forderte zwar etwas anderes, aber Boxtar spürte in sich eine seltsam anmutende Zufriedenheit, als die Frau in seinen Armen einschlief. So wie ihr weicher Körper sich vertrauensvoll an ihn lehnte, erinnerte es ihn an den ehrenhaften Mann, der er einmal vor langer Zeit gewesen war. Doch dieser Mann wäre niemals mit einer Ladung Diebesgut durch den Wald geritten, egal, wie groß die Not war.

Er seufzte und überprüfte ihre Position. Sie sollten jetzt weit genug weg vom Lager sein, um wieder die Straße zu nutzen. Auf dem breiten Weg würden sie wesentlich schneller voran kommen. Er führte die Truppe hinab auf die Straße und sofort, als sie dort angekommen waren, ritt Worvak aus dem Wald hervor neben ihn und fragte:

„Hat sie keinen Übersetzer?" er schüttelte den Kopf.

„Sie konnte nichts verstehen von dem, was ich gesagt habe."

„Konntest du sie verstehen?"

„Ein paar Worte, aber sie hat auch nicht viel gesagt."

Ihre Reaktion auf ihn hatte ihn überrascht. Er hatte Tränen und Panik erwartet, aber auch wenn sie offensichtlich Angst gehabt hatte, so war sie doch gefasst geblieben und ihre Stimme hatte ruhig geklungen.

„Du weißt schon, was das heißt, oder?", fragte Worvak.

Widerwillig nickte er und sagte: „Dass sie vermutlich von einem Planeten kommt, der noch nicht den Weltraum bereist."

„Und doch nicht allen im Imperium unbekannt ist", sagte Worvak finster. „Diese verdammten Sklaventreiber kennen einfach keine Grenzen, wenn es darum geht, Frauen zu entführen, egal, wie sehr sich der Imperator bemüht."

„Ich habe nicht mehr Vertrauen in den neuen Herrscher als in den alten, und wir wissen ja beide, was für ein Tyrann der war."

„Wenn meine Annahme stimmt, dann wäre die sinnvollste Lösung, sie der Imperialen Flotte zu übergeben, wenn wir in Almadin ankommen." Auch wenn es sein eigener Vorschlag war, deutete Worvaks Tonfall nicht gerade darauf hin, dass er besonders enthusiastische Gefühle diesem Plan gegenüber hatte.

„Nein", sagte Boxtar sofort. „Den Arschlöchern vertraue ich kein bisschen."

Gazar ritt jetzt auch aus dem Wald heraus zu ihnen, schaute auf das Bündel in seinen Armen und fragte:

„Was hast du da, Boss?"

„Eine Frau", sagte er kurz angebunden und es klang wie eine Warnung.

Gazar ignorierte natürlich seinen Unterton und fragte:

„Du hast eine sleestikische Frau mitgenommen? Was willst du denn mit so einer –"

Gazar verstummte, als in dem Moment der Umhang zur Seite rutschte und er das Gesicht der Frau erblickte. „Verdammte Scheiße, das ist keine sleestikische Frau."

„Wie immer haut mich deine scharfe Beobachtungsgabe total vom Hocker", sagte Housen, der sich jetzt auch zu ihnen gesellt hatte. Auch er betrachtete die Frau, allerdings mit einem recht objektiv wissenschaftlichen Blick, nicht mit gierigem Interesse:

„Ich kenne die Spezies nicht."

„Darüber haben wir eben gesprochen", sagte Worvak. „Wir vermuten, dass sie von einem Planeten ist, der den Weltraum noch nicht bereist, so wie die Frau, die in den Nahra gefallen ist."

„Eine Frau ist in den Fluss gefallen? Und ihr habt nichts gemacht, um sie zu retten?" Kahils junges Gesicht schaute sie kritisch an, weil auch er jetzt zum Rest der Truppe gestoßen war. Der große Elginar war noch jung genug, um sehr idealistisch zu sein.

„Ein Mann vom Volk der Daichin ist ihr hinterher gesprungen", sagte Worvak wehmütig. „Er wäre ein würdiger Kampfgegner gewesen."

Kahil nickte zustimmend, Housen sah nachdenklich aus und Gazar sagte schulterzuckend:

„Die nützt uns jetzt nichts, vor allem wenn der Daichiner ihn hat. Aber die hier..."

Boxtar schloss instinktiv seine Arme fester um seine Frau und fragte mit drohender Stimme: „Was ist mit dieser Frau?“

„Wirst du sie verkaufen?“ Gazar hob seine Hände ergeben hoch, als sie ihn alle anstarrten, und fügte hinzu: „Ich sage nicht, dass du das machen solltest, aber du wirst sie ja wohl kaum mit nach Sekala nehmen und ich wüsste auch nicht, was du sonst machen sollst mit ihr.“

„Sie sollte an die Imperiale Flotte übergeben werden“, sagte Kahil entschlossen, aber niemand nickte oder stimmte ihm zu. Sie hatten alle schon ihre negativen Erfahrungen mit der Imperialen Regierung gemacht.

„Wir könnten sie genauso gut an ein Bordell verkaufen“, murmelte Gazar. „Dann würde sie wenigstens bezahlt werden dafür, was die Arschlöcher von der Flotte sicherlich nicht tun würden.“

„Sie kommt nicht in ein Bordell“, brauste Boxtar auf, und diesmal verstand sogar Gazar, dass es ihm ernst damit war.

„Ich mache was auch immer du willst, Boss, aber was wirst du mit ihr anfangen? Sekala ist kein Ort für eine Frau, die alleine unterwegs ist.“ Als Worvak daraufhin etwas sagen wollte, unterbrach ihn Gazar, bevor er zu Wort kam: „Und Lady Jay ist kein Argument, mir egal, ob sie eine Frau ist. Sie kann sich verteidigen.“

„Diese gesamte Unterhaltung ist sinnlos, wenn die Sleestiks uns einholen“, sagte Boxtar bestimmt. „Wir müssen so weit wie möglich weg sein, wenn sie merken, was passiert ist. Wie lange werden sie noch schlafen, Housen?“

„Schwer zu sagen, weil sie verschiedene Körpergrößen haben und dem Gas auch verschieden stark ausgesetzt waren.

Manche werden vielleicht einfach in einen normalen Schlaf übergehen und gar nicht merken, dass sie dem Schlafgas ausgesetzt waren. Wenn wir Glück haben, merken sie erst, wenn sie aufbrechen wollen, dass sie beklaut wurden“

Er klang nicht gerade, als ob er davon überzeugt waren, dass sie so viel Glück haben würden, und Boxtar hatte auch so seine Bedenken. Normalerweise war das Glück nicht auf seiner Seite.

„Dann gehen wir weiter, so lang wir können, bevor unsere Moris ausruhen müssen.“

Seine Männer nickten und sie ritten wieder los. Auch wenn er besorgt war, dass es seine Frau aufwecken würde, ermutigte Boxtar seinen Mori, etwas schneller zu gehen. Die Frau bewegte sich unruhig, als das Tier seine Schritte beschleunigte, aber er hielt sie fest an seinem Körper und sie wurde wieder ruhiger.

Sie ritten weiter, als die Sonne aufging und sich rosarot im ungestümen Wasserstrom des Nahra spiegelte. Er vermutete, dass sie einen Tag von der Stelle entfernt waren, an der sie sich vom Fluss entfernen würden.

Vormittags öffnete die Frau endlich die Augen. Er hatte schon seit einiger Zeit vermutet, dass sie kurz davor war aufzuwachen, weil sie unruhiger geworden war. Diese Unruhe hatte dazu geführt, dass die üppigen Kurven ihres Hinterns sich an ihm gerieben hatten und das führte nicht gerade dazu, dass sein Schwanz weniger stark und hart pochte. Doch erst als sich ihr ganzer Körper plötzlich anspannte und er zu ihr hinab schaute, sah er, dass sie wach war.

Blaue Augen, die so pur und klar schienen wie die Ozeane seines Heimatplaneten, starrten ihm entgegen. Ihre Haut war so blass und glatt wie die Perlen, die in diesen Meeren versteckt waren, und ihre prallen, tiefroten Lippen hatten dieselbe Farbe wie die Korallen, die diese Schätze der Natur beherbergten.

Sie betrachtete ihn auch und er machte sich auf ihre Reaktion gefasst. Er war noch nie attraktiv gewesen und die zehn Jahre Überlebenskampf im Untergrundgefängnis und dann auf der Flucht hatten ihn nicht gerade ansehnlicher gemacht. Ihre Gesichtszüge waren zwar nicht komplett unähnlich: Sie hatten beide zwei Augen, eine Nase und einen Mund, aber sein Erscheinungsbild war deutlich das eines gefährlichen Jägers, von den spitzen Zähnen, die dafür gemacht waren, Beute zu zerreißen bis hin zu den schlitzartigen Pupillen, mit denen er auf die Jagd gehen konnte.

Er meinte regelrecht sehen zu können, wie anstrengend es für sie war, die Fassung und einen ruhigen Gesichtsausdruck zu bewahren, aber nur ein ganz subtiles Zittern dieses verführerischen Mundes zeigten ihm ihre Angst. Sie öffnete und schloss ihren Mund zwei Mal, bevor sie entschieden hatte, was sie zu ihm sagen wollte.

„Wer bist du?“ Ihre Stimme klang ruhig, tief und melodisch.

„Boxtar.“ Plötzlich wünschte er sich, dass er sie getroffen hätte, als er jünger war und sich mit seinem vollen Titel und der Familienehre hätte vorstellen können, aber diese Tage gehörten der Vergangenheit an. „Und du?“

„Ich bin Pandora.“

„Pandora.“ Ihr Name erklang in seinen Blutgefäßen und er lächelte.

Vielleicht beruhigte sie dieser Anblick, denn sie atmete tief ein, so dass ihre Brüste sich auf köstliche Weise gegen ihr seltsames rotes Gewand drückte, und dann lächelte sie ihn vorsichtig an und fragte mit ruhiger Stimme:

„Wirst du mich verkaufen? Oder...mir weh tun?"

Niemals. Er schüttelte den Kopf und er spürte, wie ihr Körper schon nicht mehr so angespannt war, doch dann runzelte sie die Stirn und fragte:

„Kannst du mich verstehen?"

Er zögerte. Er konnte zwar nicht jedes Wort verstehen, aber genug, um zu wissen, was sie sagte. Noch bevor er entschieden hatte, wie er ihr antworten sollte, fuhr sie eifrig fort: *„Falls du mich verstehst und falls du mich wirklich nicht verkaufen wirst, kannst du mir dann helfen?"* Sie atmete nochmal tief ein und sagte:

„Ich weiß, dass du, ähm... die Karawane überfallen und ausgeraubt hast und das ist mir egal. Aber ich muss herausfinden, wo auf diesem Planeten ich die Leute finde, die die Gesetze durchsetzen und Strafverfolgungen machen."

„Gesetze und Strafverfolgung?", fragte er langsam und sie nickte.

„Ja. Polizei, oder Militär oder irgendjemand mit Macht, der mir helfen kann." Schnell fügte sie hinzu: *„Du musst auch nicht mitgehen. Ich will nur, dass du mir zeigst, wo ich hingehen muss."*

„Durchsetzer von Gesetzen und Strafverfolgung?" wiederholte er erneut mit betont neutralem Gesichtsausdruck und sie senkte ihre Schultern und sagte:

„Das war wohl etwas zu viel verlangt.“ Sie atmete erneut tief ein und unternahm einen neuen Versuch: *„Ich und du.“* Sie klopfte sich auf die Brust und dann ihm. Obwohl er seine Ledertunika trug hätte er schwören können, dass er die sanfte Berührung auf seiner Haut spüren konnte. Sie zeigte auf den Weg vor ihnen und sah ihn fragend an mit den Worten: *„Wohin gehen?“*

„Almadin.“ Ihr Gesicht leuchtete auf und sie sagte: *„Ja, Almadin. Das ist, wo die Händler uns hinbringen wollten. Ich bin mir sicher, dass Olivia auch dorthin geht und Quinn...“*

Sie hielt wieder inne und biss sich auf die Lippe. Wer waren diese Leute? Er nahm an, dass eine davon die Frau war, die in den Fluss gefallen war. Hieß das, dass noch eine weitere Person von den Händlern mitgenommen worden war? Vielleicht sogar ein Mann? Die Vorstellung passte ihm überhaupt nicht, auch wenn er sich sicher war, dass die restlichen Männer seiner Truppe das als Antwort genug deuten würden, was sie mit ihr tun sollten.

„Olivia?“, fragte er und sie nickte wieder.

„Ja, meine Freundin. Sie ist in den Fluss gefallen, aber ich bin mir sicher, dass sie auch versuchen wird, nach Almadin zu kommen.“

Sein Gesichtsausdruck schien ihn verraten zu haben, denn sie runzelte die Stirn und fragte: *„Gibt es einen Grund, warum sie es nicht schaffen sollte, dorthin zu kommen?“*

Er versuchte den besten Weg zu finden, ihr zu erklären, dass, je nachdem, wo ihre Freundin und der daichinische Mann aus dem Fluss klettern konnten, es durchaus Wochen brauchen könnte, bis sie die Stadt erreichten. Er beugte sich jetzt nach vorne über das Reittier und hielt sie noch immer in seinen

Armen, so dass sie die Schrittgeschwindigkeit spüren konnte. Diese Haltung drückte die sanften Kurven ihrer Hüfte an seine Erektion und ihre Brüste an seine Brust. Er war sehr erstaunt, als er spürte, dass ihre Brustwarzen hart wurden und sich wie heiße Kieselsteine in seine Brust drückten. Ihr Atem stockte und er wollte sie noch fester an sich ziehen, aber zwang sich, sich wieder aufrecht hinzusetzen.

„Schnell", sagte er und ahmte den Gang des Mori nach. Dann wiegte er sie sanft vor und zurück. „Langsam."

Ihre Wangen erröteten in einem hübschen rosafarbenen Ton, aber sie nickte und sagte. *„Das ist mir schon klar.* Schnell und langsam. *Willst du sagen, dass wir uns schnell bewegen?"*

Er nickte und sagte: „Boxtar und Pandora schnell. Olivia langsam."

Ihr Lippen begannen wieder zu beben und er wollte ihr einen beruhigenden Kuss auf die Lippen drücken, aber dann presste sie ihren Mund zusammen und sagte mit entschlossenem Blick auf dem Gesicht: *„Dann habe ich Zeit herauszufinden, was ich tun werde, bevor sie ankommt."*

Er vermutete, dass sie eher mit sich selbst als mit ihm sprach und hielt seinen Gesichtsausdruck neutral.

„Quinn?", fragte er jetzt, weil er den anderen Namen noch im Kopf hatte. Ihr Körper spannte sich kurz an, aber ihr Gesichtsausdruck blieb neutral und ruhig.

„Mach dir keine Gedanken", sagte sie schnell und streckte dann ihre Hand hinab, um das Fell des Mori zu streicheln. *„Wie heißt diese Tierart?"*

Die Tatsache, dass sie so schnell das Thema wechselte, erhärtete seinen Verdacht was die dritte Person anging. War es ein

Mann? Ein unwürdiger Mann, der seine Frau verloren hatte? *Jetzt ist sie meine Frau,* dachte er und erinnerte sich dann erst daran, dass seine eigenen Umstände ihn auch nicht gerade zu einem würdigen Verehrer machten. Allerdings würde ihn das nicht davon abhalten, sie zu beschützen, das schwor er sich, so lange sie unter seiner Obhut war.

Sie sah ihn fragend an und er zwang sich, auf ihre Frage zu antworten:

„Das nennt man ein Mori."

„Mori", wiederholte sie und lächelte dann.

Irgendwie überraschte es ihn nicht, als sie immer weiter nach den Namen von allem was sie sahen fragte. *Cleveres Mädchen.* Sie war eindeutig intelligent genug, um zu wissen, dass sie die Sprache sprechen musste. Er nahm an, dass ihnen einige schwierige Gespräche bevor standen, aber er mochte die Vorstellung, ihr seine Sprache beizubringen, und sie schien auch lernen zu wollen. Die Geschwindigkeit, mit der sie die Worte aufschnappte, beeindruckte ihn. Auch wenn er sehen konnte, dass sie gelegentlich frustriert war, gab sie nicht auf und ihre Lippen bewegten sich immer weiter, während sie die Worte immer wieder leise für sich wiederholte. Er hatte plötzlich ein klares Bild vor sich, wie sie alles ordentlich in ihrem Hirn einsortierte.

Als die Sonne irgendwann anfing unterzugehen, war sie nicht mehr so entschlossen und aufmerksam. Sie war gegen seinen Körper gesunken und er konnte auf ihrem Gesicht ablesen, wie erschöpft sie war. Das schnelle Reittempo hatte auch bei ihm Spuren hinterlassen und auch wenn keiner seiner Männer sich beschwert hatte, so wusste er, dass auch sie müde waren. Er schaute über seine Schulter nach hinten und bat den Mann hinter sich:

„Worvak, kannst du uns eine geeignete Lagerstelle suchen?"

Worvak nickte und ritt an ihnen vorbei. Der große Mann schien völlig unberührt zu sein von den Anstrengungen ihrer Reise. Pandora schaute ihm mit aufgerissenen Augen hinterher und murmelte leise vor sich hin:

„Dem würde ich auch nicht in einer dunklen Gasse begegnen wollen."

Die Worte wurden nicht alle genau übersetzt, aber er verstand genug, um zu wissen, dass sie sich nicht zu dem großen Krieger hingezogen fühlte. Er schloss seine Arme für einen kurzen Moment ganz fest um sie und dann ritten sie weiter in die Richtung, in der sein Stellvertreter geritten war.

KAPITEL VIER

Pandora wurde völlig von ihrer Erschöpfung überwältigt, obwohl sie merkte, dass sie in Boxtars Armen besser geschlafen hatte als an jedem anderen Ort, seit sie auf diesem Planeten angekommen war. Wenn sie darüber nachdachte auch besser als vor ihrer Entführung. Sie hatte schon immer Schlafstörungen gehabt, aber der Vorteil daran, alleine zu leben war, dass wenn ihr unruhiges Hirn sie nicht schlafen ließ, sie dann einfach das Licht anmachen und lesen konnte, bis sie sich wieder beruhigt hatte. Seit der Entführung hatte sie nichts gehabt, mit dem sie sich ablenken konnte, wenn sie nachts aufwachte. Es hatte etwas Beruhigendes, in seinen Armen zu liegen.

Quatsch, redete sie sich selbst ein. Vermutlich lag das nur an der schaukelnden Bewegung des Reittiers, des Mori.

Der Mann, der wie ein furchteinflößender riesiger Krieger aussah und voraus geprescht war, tauchte jetzt vor ihnen wieder in ihrem Blickfeld auf und gab ihnen ein Zeichen. Ihr Herz begann wild zu pochen, als er sie anwies, von der Hauptstraße abzubiegen. Sie ritten eine kurze Strecke in die Wälder und kamen dann auf einer kleinen Lichtung an, eine kleine Freifläche neben dem Fluss. Neben dem Gewässer brannte bereits ein kleines Feuer. Es war offensichtlich, dass sie hier für die Nacht halt machen würden.

Ihre Hände begannen zu zittern. Boxtar war sehr geduldig gewesen mit ihren Sprachlektionen und schien ganz nett zu sein, aber jedes Mal, wenn ihre Hüften an seinen streiften, hatte sie seine harte Erektion deutlich gespürt. Was, wenn er nur darauf gewartet hatte, bis sie anhalten würden?

Er schwang sich von seinem Tier und ließ sie im Sattel sitzen. Sie hatte den plötzlichen Impuls, einfach die Zügel zu greifen und die Straße entlang davon zu reiten. Sie wusste, dass Olivia keine Sekunde gezögert hätte, das zu tun, aber bevor sie etwas getan hatte, streckte er seine Arme aus, um sie hinab zu heben. Zwei der anderen Männer saßen noch im Sattel und sie vermutete, dass sie keinerlei Probleme gehabt hätten, sie wieder einzuholen, falls sie abhaute.

Sie seufzte und beugte sich hinab und er hob sie mit solcher Leichtigkeit hinunter, als wäre sie federleicht. Da sie wusste, wie viel sie wog, ließ diese Demonstration seiner körperlichen Kraft ihren Puls noch mehr rasen. Als ihre Füße auf dem Boden landeten, spürte sie, dass ihre Knie nachgeben wollten, und sie war sich nicht sicher, ob das die Angst war oder der lange Ritt. Er murmelte etwas vor sich hin und fing sie auf, so dass sie gegen seinen Körper lehnen konnte, bis sie ihre Balance wieder gefunden hatte. Er hatte definitiv noch immer eine Erektion.

Sobald sie glaubte, wieder selbst stehen zu können, trat sie einen Schritt zurück. Er hielt ihren Arm noch einen Moment fest, um sicher zu gehen, dass sie nicht umfallen würde, und ließ sie dann los. Er gestikulierte in Richtung des Feuers, aber der riesige Mann in der handgefertigten Rüstung kauerte noch immer neben dem Feuer, deshalb schüttelte sie den Kopf. Sie wollte nicht in seine Nähe. Boxtar legte nachdenklich den Kopf zur Seite und griff dann in eine der Satteltaschen und zog eine faltbare Metallschale hervor, die der ähnlich war, die die Händler genutzt hatten. Er reichte sie ihr und zeigte auf das Gewässer; diesmal nickte sie.

Sie ging hinüber und füllte ihre Schüssel mit Wasser. Sie wollte sie an die Lippen heben, um zu trinken, doch dann zögerte sie beim Gedanken an Bakterien und Salmonellen. Doch schließlich schüttelte sie diese Zweifel ab, denn das Wasser in der Wüste hatte wesentlich dreckiger gewirkt als das klare Wasser des Flusses hier. Vorsichtig nahm sie einen Schluck. Die kalte Flüssigkeit floss ihre Kehle hinab und sie merkte plötzlich, wie durstig sie war. Sie trank gierig weiter, bis irgendwann ihre Vernunft sie anhielt, etwas langsamer zu machen.

Die Männer bereiteten ein Lager vor. Ein großer blauer Mann mit langen weißen Haaren befreite die Moris von ihrem Gepäck und führte die Tiere dann zu dem Fluss unterhalb von der Stelle, an der sie stand. Sie betrachte die Tiere neugierig. Sie waren ungefähr so groß wie Pferde, vielleicht etwas größer, aber sie hatten weiche Tatzen mit Krallen statt Hufen und ihr Fell war in einem sonderbaren blassgrün gestreift.

Der Mann schaute kurz in ihre Richtung und lächelte sie schüchtern an. Trotz seiner Körpergröße sah er nicht bedrohlich aus. Er erinnerte sie an einen der Sportler, dem sie während der Uni Nachhilfe gegeben hatte: Er war ein großer Mann mit einem sportlichen Ruf, gnadenlos auf dem Spielfeld zu sein; aber zu ihr war er immer höflich und respektvoll gewesen und diese Erinnerung führte dazu, dass sie den blauen Riesen anlächelte.

Ein lautes Geräusch ließ sie hinter sich blicken und sie sah, dass Boxtar plötzlich finster drein blickend direkt über ihr stand. Warum sah er so wütend aus? Er streckte seine Hand fordernd nach der Schüssel aus.

„Du könntest ruhig bitte sagen", murmelte sie, während sie sich hinab beugte und die Schüssel mit Wasser befüllte. Als sie ihn etwas pampig anschaute, lachte er plötzlich los und wiederholte das Wort ziemlich deutlich und gut „Bitte". Er grinste und sie konnte nicht anders als zurück zu lächeln. Er trug das Wasser hinüber zum Feuer, wo der furchteinflößende Riesentyp einen Topf über dem Feuer platziert hatte, und reichte ihm das Wasser. Ein reichhaltiger und fleischiger Duft waberte über die Lichtung und ihr Magen knurrte. Die Händler hatten ihnen gestern Abend nichts zu Essen gegeben und sie spürte jetzt, wie hungrig sie war.

Sie ging zum Feuer hinüber und schaute sich dabei verstohlen in der Runde um. Ein großer, dünner Mann, der eine Reihe Federn auf dem Kopf hatte statt Haare, schien systematisch das abgeladene Gepäck durchzugehen, während ein fünfter Mann hinter ihm Stand und Notizen in einem kleinen Buch machte.

Sie wollte sehen, was er da hinein schrieb, aber Boxtar sah sie erwartungsvoll an, deshalb ging sie zu ihm hinüber.

Sie war hier mit fünf Männern, die alle sehr groß und alle auf ihre eigene Art furchteinflößend waren. Die zwei, die das Gepäck durchgingen, waren eher schlank als kräftig, aber der mit den Federn hatte lange, scharf aussehende Krallen an seinen Händen und Füßen und einen sehr brutal aussehenden Schnabel. Der Mann, der Notizen machte, sah eher harmlos aus, aber auch er war mindestens einen Kopf größer als sie und sie sollte besser von keinem der Männer annehmen, dass er harmlos war.

Was sie am positivsten an ihrer Situation stimmte, war, dass keiner der Männer, abgesehen von Boxtar, ihr besonders viel Beachtung zu schenken schien. Der blaue Alien kümmerte sich noch immer um die Pferdetiere und selbst der furchterregende riesige Kriegertyp konzentrierte sich auf den Topf mit Essen und nicht auf sie. Bisher hatte auch noch niemand einen Versuch unternommen, sie wieder zu fesseln.

Sie seufzte und setzte sich neben Boxtar. Er tunkte eine Metalltasse in den Topf und reichte ihr das Gefäß. Gierig und dankbar nahm sie es entgegen, aber leider war der leckere Geruch etwas irreführend gewesen. Statt einer reichhaltigen Fleischsuppe, die sie erwartet hatte, nippte sie jetzt an einer fast geschmacklosen, wässrigen Brühe, die aber irgendwie unangenehm in ihrem Hals brannte. Sie zwang sich, die Hälfte davon zu trinken, doch dann gab sie das Gefäß zurück an Boxtar und lächelte höflich. Er schaute in das noch halb volle Gefäß und versuchte es ihr zurück zu geben, aber sie schüttelte entschieden den Kopf.

„Nein, Danke. Ich konnte schon besser kochen als dieses Zeug, als ich zehn Jahre alt war.“ Ein brutales Grunzen ertönte von der anderen Seite des Feuers und sie sah, dass der furchteinflößend aussehende Mann sie betrachtete. Hatte er verstanden, dass sie seine Kochkünste kritisiert hatte?

Sie war entschlossen, ihre Angst nicht zu zeigen und starrte zurück. Jetzt betrachtete sie den Mann das erste Mal so richtig. Seine Haut hatte einen dunklen Bronzeton und hatte fast dieselbe Farbe wie die mit Metall versetzte Lederrüstung, die den Großteil seines Körpers bedeckte. Er hatte keine Haare, nur Erhöhungen, die über seinen Augenbrauen begannen und sich über seine Stirn und seinen Kopf bis in seinen Nacken fortsetzten. Wie Boxtar hatte auch er schlitzförmige Pupillen, aber seine Augen hatten einen mysteriösen Grünton. Selbst mit geschlossenem Mund konnte sie die Reißzähne deutlich sehen.

Irgendwann schaute er endlich weg und murmelte etwas in Richtung Boxtar. Boxtar lachte, aber schien kein Problem mit dem Gesagten zu haben und schlürfte nachdenklich an seiner eigenen Suppe. Sie entspannte sich ein wenig mehr. Die anderen Männer kamen jetzt auch zum Feuer und nahmen sich ihren Anteil aus dem Topf. So wie sie die Gesichtsausdrücke und die Kommentare deutete, die sie sich gegenseitig zuwarfen, schienen sie auch nicht viel beeindruckter als sie von dem Abendessen zu sein.

Jetzt, wo sie etwas im Magen hatte, merkte sie auch, dass sie mal musste. Sie seufzte und schaute hinüber zu den Wäldern. Was würde sie nur für ein Badezimmer geben, oder zumindest ein Plumpsklo.

Wenigstens gibt es hier im Gegensatz zur Wüste Blätter, dachte sie und schauderte ob der Erinnerung an die Toilettengänge dort.

Als sie aufstand, verstummten die Männer plötzlich und schauten sie alle an. Boxtar stand sofort auf und sah sie fragend an. Sie wusste, dass ihre Wangen erröteten, als sie zu den Bäumen zeigte. Sie ging ein paar Schritte in Richtung der Bäume, aber er ging ihr hinterher und dann hielt sie an. Das letzte, was sie brauchte, war jemand, der ihr dabei zuschaute. Aber wie sollte sie ihm das erklären?

„Ich versuche nicht abzuhauen“, sagte sie schnell. „Ich muss nur... ich muss aufs Klo? Ähm, das Badezimmer benutzten?“ Er sah noch immer verwirrt aus, aber dann kauerte sie sich hinunter und sagte: „Ich muss pissen, verdammt.“

Er nickte, als ob er es jetzt verstanden hatte, aber als sie einen Schritt auf den Wald zu machte, ging er weiter hinter ihr her.

„Ich brauche keine Gesellschaft dafür.“

Er schaute von ihr zum Wald und sie folgte seinem Blick. Es war noch nicht ganz dunkel, aber die Schatten unter den Bäumen wurden länger. Er gestikulierte zum Wald und sagte: *„Quatal.“*

Als sie ihn verständnislos anstarrte, zeigte er wieder auf die Bäume und knurrte und fauchte dann auf eine grässliche Art, die ihr die Haare zu Berge stehen ließen.

Scheiße. Wenn sie das richtig verstand, dann versuchte er ihr zu sagen, dass es gefährliche Tiere im Wald gab.

„Ich werde nicht weit gehen“, versprach sie. „Aber ich werde trotzdem alleine gehen.“

Er dachte einen Moment nach, dann nahm er sie bei der Hand und führte sie an den Waldrand. Dabei ignorierte er ihre Versuche, ihre Hand aus seiner zu lösen. Als sie bei den Bäumen angekommen waren, ließ er sie los und zeigte auf das Gebüsch in nächster Nähe. Dann drehte er ihr den Rücken zu und verschränkte seine Arme. Scheinbar würde er Wache stehen, aber wenigstens ermöglichte er ihr etwas Privatsphäre. Sie konnte auch nicht leugnen, dass es gut war, ihn in der Nähe zu haben, wenn gefährliche Tiere in den Wäldern waren.

Also seufzte sie noch einmal auf und kauerte sich dann hinter den Busch, um ihr Geschäft zu verrichten. Sie hoffte, dass ihr

Gesicht nicht ganz so knallrot war, wie es sich anfühlte, als sie zu ihm zurück kehrte. Sie war erleichtert, dass er nichts sagte und sie auch nicht neugierig anstarrte. Er versuchte auch nicht sie aufzuhalten, als sie zum Fluss ging, um sich die Hände in dem eiskalten Wasser zu waschen.

Der gefiederte Mann hatte die Tasche, die vor ihr an den Sattel gebunden gewesen war, zum Feuer gebracht. Sie versammelten sich alle um Boxtar, der anfing, Dinge aus der Tasche zu ziehen. Sie setzte sich dazu, weil sie selbst neugierig war, was darin war. Die ersten drei Dinge, die er hervor zog, waren kleine Holzkistchen. Sie fand den Anblick nicht besonders aufregend, aber die Männer nickten anerkennend.

„Was ist das?", fragte sie ohne nachzudenken.

Boxtar schien ihr Interesse nicht zu stören. Er hob vorsichtig den Deckel von einer der Boxen und darin war etwas zu sehen, das wie brauner Staub aussah.

„Eszer", sagte er und tauchte einen Finger in das Puder, dann hob er den Finger an seine Lippen.

Eine Art Gewürz? Wahrscheinlich schon. Sie wusste, dass Gewürze auf der Erde für sehr viele Jahre so wertvoll gewesen waren, dass sie als Währung benutzt wurden. Als sie ihn fragend anschaute, nickte er und sie probierte es selbst. Interessant. Es erinnerte sie an Zimt, aber hatte einen ingewerartigen scharfen Beigeschmack. In der zweiten Box waren kleine Samenkörner und er zerdrückte einen davon und roch eine Schärfe wie von Senf. Die dritte Box enthielt etwas, das eindeutig Salz war, und sie nickte.

Als nächstes zog er etwas, das wie eine kleine Lederschatulle mit Metallverschluss aussah aus dem Beutel. Darin waren viele unterschiedlich große und geformte Münzen aus diversen Metallarten. Das stieß auf noch mehr Begeisterung bei den Männern. Neugierig fasste sie ein paar der Münzen an und merkte, dass die Schriftarten auf den Münzen sehr unterschiedlich waren, aber sie sahen alle alt und benutzt aus.

„Antike Münzen", sagte sie nachdenklich. „Ich frage mich, ob sie wertvoller sind als Sammlerstücke oder weil das Metall wertvoll ist."

Erst als sie aufschaute und sah, dass fünf Gesichter sie anschauten, merkte sie, dass sie diesen Gedanken laut ausgesprochen hatte. Sie war sich recht sicher, dass sie gerade wieder knallrot anlief, aber versuchte ihre Stimme ruhig zu halten.

„Ich hatte eine kleine Sammlung antiker Münzen, als ich jünger war. Mein Großvater hatte sie mir vererbt."

Er hatte viele Stunden damit verbracht, ihr die Geschichten hinter den Münzen zu erzählen, und nach seinem Tod war die Sammlung ein großer Trost für sie gewesen, als sie alleine mit ihrer Großmutter war.

Boxtar sah nachdenklich aus, dann zog er eine achtseitige Münze mit einem dazu passenden achtseitigen Loch in der Mitte aus dem Stapel und reichte sie ihr.

„Das brauchst du mir nicht geben."

Er ignorierte ihren Kommentar und wandte sich wieder dem Beutel zu. Die anderen Männer schienen sich nicht an dem zu stören, was er getan hatte, und sie hielt mit unerwarteten Tränen in den Augen die Münze in ihrer Hand fest. Es war so ein winziger Gegenstand und doch fühlte es sich an, als wäre es eine Verbindung zu ihrer Vergangenheit, und das fühlte sich so tröstlich an.

Sie steckte die Münze in die Tasche ihres Schlafanzugs, aber hielt sie zwischen ihren Fingern in der Tasche und rieb an dem glatten Metall.

Ich frage mich, was Opa von all dem hier gehalten hätte. Er hatte Science Fiction-Bücher geliebt und hatte viele davon in seiner Buchsammlung gehabt. Er war auch derjenige gewesen, der ihre Liebe zu Büchern und zum Lesen gefördert hatte; doch sie bezweifelte, dass er sich jemals hätte träumen lassen, dass seine Enkelin auf einem außerirdischen Planeten landet.

Da sie noch immer sehr in ihre Gedanken und Erinnerungen versunken war, beachtete sie es nicht weiter, als Boxtar einige Kistchen mit Schmuck aus der Tasche zog. Doch dann zog er den letzten Gegenstand hervor, der eine rechteckige, samtige Tasche enthielt, und öffnete diese: Eine lange Papierrolle mit hölzernen Griffen an der Seite kam zum Vorschein: *Eine Schriftrolle.*

Sie beugte sich nach vorne, als er sie ein Stück weit aufrollte; weit genug, dass sie sehen konnte, dass rechts und links neben der akkuraten und schönen Handschrift wundervolle Zeichnungen und Illustrationen zu sehen waren. Die Männer schienen über diese Schriftrolle zu diskutieren und Boxtar seufzte irgendwann ergeben und nickte. Entsetzt sah sie, wie er die Rolle ins Feuer werfen wollte.

„Nein! Das kannst du doch nicht machen. Wenn du sie nicht willst, dann gib sie mir."

Sie versuchte danach zu greifen und fiel dabei über seinen Schoß. Sie hörte das Gelächter der anderen Männer, aber das war ihr egal.

„Du kannst das doch nicht zerstören. Geschriebene Wörter sind zu wertvoll."

Die Tränen, die sie zuvor unterdrückt hatte rollten ihr plötzlich die Wangen hinab und nach kurzem Zögern zog Boxtar seine Hand vom Feuer zurück.

Er hob sie hoch, bis sie in seinem Schoß saß und reichte ihr dann die Schriftrolle. Sie griff danach und zog sie mit einem erleichterten Seufzen an ihre Brust.

„Danke. Danke."

Er lächelte sie an und sein Gesicht sah sanftmütiger aus, als sie es bisher gesehen hatte. Er gestikulierte zur Schriftrolle und schien vorzuschlagen, dass sie sie sich nochmal anschaute. Das machte sie sehr gerne. Sie hatte recht gehabt: Es war ein wunderschönes Dokument. Die Illustrationen an den Rändern waren mit großer Kunstfertigkeit angefertigt und schienen von Hand eingefärbt zu sein. Auch der Text schien genauso sorgsam aufgetragen, präzise und ordentlich wie von einer Druckmaschine. Sie fuhr mit ihren Fingern über die Worte und wünschte sich sehnsüchtig, dass sie sie lesen könnte. Wie sehr sie ihre Bücherei vermisste!

„Ich wünschte ich könnte das lesen."

Eine große Hand kam an ihrer Taille vorbei. Boxtar zeigte auf eines der Bilder am Rand: Ein Mond und zeigte dann auf eines der Schriftsymbole.

„Zeng."

„Zeng.", wiederholte sie behutsam und sah, dass er nickte. Dann zeigte sie auf den Mond, der über der Lichtung sichtbar war und fragte: „Zeng?"

Er nickte erneut und hatte ein Erfolgsgefühl, als sie die Symbole erneut betrachtete und sich das Symbol einprägte. Es war nur ein Wort, aber das war ein Anfang.

„Was ist mit diesem Wort? Und mit diesem?“, fragte sie wissbegierig.

Er wiederholte den Prozess von eben und zeigte diesmal auf eine eingeschneite Landschaft. *Winter,* dachte sie. *Telel* in seiner Sprache. So saßen sie über die Schriftrolle gebeugt da und er tat sein bestes, ihr Worte beizubringen und die Symbole so gut er konnte mit den Bildern in Verbindung zu bringen. Es gab natürlich einige Lücken, aber da die Illustrationen so gut waren, konnte sie irgendwann den Großteil des ersten Abschnitts verstehen und lesen.

Die Geschichte begann mit einem jungen Mädchen, das an Winterabenden hinaus ging und mit dem Mond redete. Der Mond hörte zu, auch wenn er nicht antworten konnte. Es war eine Liebesgeschichte.

Sie rollte ein Stück weiter und wollte mehr lernen, aber Boxtar legte seine Hand auf ihre und schüttelte den Kopf. Er rollte die Schriftrolle auf und steckte sie in die samtige Tasche.

Als sieh ihn kritisch anschaute, merkte sie, dass das Feuer bereits am Ausgehen war. Die anderen Männer waren schon ums Feuer verteilt eingeschlafen, eingewickelt in Decken. Nur der Krieger, der gekocht hatte, stand am Rand der Lichtung und blickte aufmerksam in Richtung der Straße.

Ihr wurde klar, dass er Wache stand und sie erschauderte, als ihr ihre Lage erneut bewusst wurde. Auch wenn sie bisher niemand bedroht hatte, so war sie alleine mit einer Bande aus eindeutig gefährlichen Dieben. Sie merkte jetzt auch, dass sie die ganze Zeit auf Boxtars Schoß gesessen hatte und versuchte jetzt schnell von ihm herab zu klettern.

„Tut mir leid. Ich wollte nicht so lange auf dir drauf sitzen. Ich weiß, dass ich zu schwer bin. Sind deine Beine eingeschlafen?“

Bevor sie von seinem Schoß unten war, umschloss er sie fest mit seinen Armen und sie schaute hoch und sah, dass er sie anlächelte. Er legte ihr sanft einen Finger auf den Mund um ihren Wortschwall zu unterbrechen.

Obwohl die anderen Männer um die Feuerstelle herum lagen, fühlte sie sich plötzlich, als ob sie alleine im schwindenden Licht der Feuerglut wären, und sein Finger auf ihren Lippen fühlte sich rau und warm an. Als er den Finger wieder zurück zog, leckte sie ihre Lippen um ihn zu schmecken.

Sie hörte, dass er aufstöhnte und dann küsste er sie.

Natürlich war das nicht ihr erster Kuss, aber sie hatte es nie besonders genossen, mit Männern rumzumachen. Knutschen war ihr immer wie eine zu nasse und schludrige Angelegenheit vorgekommen. Jeremy, der Freund, mit dem sie immer mal wieder etwas gehabt hatte, fand es auch nicht so toll und presste normalerweise nur manchmal kurz seine Lippen auf ihre. Aber Boxtars Kuss war weder schludrig noch zu nass. Sein Kuss war bestimmt und fest und heiß und fordernd, und sie verstand zum ersten Mal in ihrem Leben, warum Leuten das Knutschen so großen Spaß machte.

Sie beugte sich ihm entgegen und wollte mehr von diesem köstlichen Druck, und seine Hände schlossen sich fester um ihre Taille und drückten sie an ihn. Sie dachte nicht einmal dran, etwas dagegen zu haben, aber er wirkte plötzlich ganz angespannt und hob den Kopf. Seine Augen glänzten golden im letzten Licht der Glut und waren eine deutliche Erinnerung daran, wie sehr er kein Mensch war, aber das erschien ihr jetzt nicht mehr so wichtig. Sie lächelte ihn an und er lächelte auch und sie hätte sich bestimmt für einen weiteren Kuss gewinnen lassen, aber er stand auf und hob sie in derselben Bewegung auch auf ihre Füße.

Er gab ihr den Samtbeutel mit der Schriftrolle und führte sie dann ein kleines Stück vom Feuer weg, wo eine Decke auf sie wartete. Erst als er begann, sie mit sich auf die Decke zu ziehen, wurde sie plötzlich ganz panisch. *Nein!* Küsse waren eine Sache, aber sie wollte nicht mit ihm schlafen. Egal, wie attraktiv er auch war, egal, wie dankbar sie war, dass er ihr geduldig das Lesen angefangen hatte beizubringen, sie war nicht bereit für mehr.

„Nein danke", sagte sie schnell. „Ich werde rüber gehen und beim Feuer schlafen."

Er zeigte wieder auf die Decke und berührte dann ganz sanft ihr Gesicht.

„Nicht Schmerz"

Sie erinnerte sich an das Wort von der Schriftrolle und biss sich auf die Lippe. Es gab verschiedene Arten, das Wort „Schmerz" zu interpretieren.

„Kein..." Sie zögerte und ahmte dann zwei Körper nach, die zusammen kommen. Zu ihrer Erleichterung lachte er und sagte zustimmend: *„Nicht ficken."*

Bevor ihr noch weitere Einwände einfallen konnten, hob er sie von ihren Füßen und legte sie neben sich auf die Decke. Er zog sie an seine Seite, schlug den Rest der Decke über ihre beiden Körper und schlief dann ein. Sie war sich noch immer nicht ganz sicher, was das gemeinsame Daliegen bedeutete, also begann sie sich ein wenig von ihm weg zu schlängeln.

Sofort zog er sie zurück an seinen Körper und sie gab schließlich nach und hörte auf, sich von ihm weg zu bewegen.

Sie umarmte die Schriftrolle und dachte an ihre Freundinnen. Waren Baldric und Olivia schon auf dem Weg flussaufwärts, um nach ihnen zu suchen? Behandelten die Händler Quinn wohl gut? So sehr es ihr auch Sorgen bereitete, nicht zu wissen, was die beiden erlebten, so glaubte sie nicht, dass sie etwas unternehmen könnte, bis sie Almadin erreichten. Irgendwann kreisten ihre besorgten Gedanken etwas langsamer und sie schlief ein.

KAPITEL FÜNF

Pandora träumte von ihrer Bibliothek, aber in ihrem Traum waren die Regale statt mit Büchern mit Schriftrollen gefüllt. Die Schriftrollen wollten sich nicht in ihre Ordnung einfügen und sie war gerade dabei, eine Lösung zu finden, wie sie sie besser sortieren könnte, als ein kalter Luftzug sie aufweckte. Ihre Augen öffneten sich und sie lag alleine auf der Decke. Wo war Boxtar?

Sie war in der Nacht aufgewacht, so wie üblich, aber als sie sich bewegt hatte, hatte er etwas Beruhigendes gemurmelt und sie enger an sich gezogen.

Die Wärme seines Körpers und sein beruhigender kräftiger Geruch hatten dazu geführt, dass sie wieder eingeschlafen war.

Jetzt entdeckte sie ihn nirgends in ihrem Blickfeld und selbst die Reste des Feuers vom Vorabend schienen halb begraben worden zu sein und man sah nur noch ein Häufchen Dreck. Sie setzte sich panisch auf und dachte schon, dass sie alleine in der Wildnis war, doch dann tauchte Boxtar auf und kam mit einer Schüssel Wasser auf sie zu.

„Guten Morgen“, sagte er in seiner Sprache und sie merkte, dass sie die Worte verstand.

Sie konnte gar nicht anders als ihn anzulächeln, als sie das Wasser entgegen nahm und sagte „Guten Morgen.“

Sie hätte sich zwar gewünscht, dass sie eine heiße Schokolade statt kaltes Wasser gehabt hätte, aber trank natürlich. Dann gestikulierte er ihr, dass sie aufstehen und zum Waldrand gehen sollten. Sie schämte sich ein wenig, aber war dankbar für die Gelegenheit einen Toilettengang zu erledigen, und danach ging sie wieder zu ihm. Außer ihnen schien niemand mehr auf der Lichtung zu sein außer dem großen blauen Alien, der die Zügel von zwei Moris hielt. Der Mann lächelte sie wieder schüchtern an und senkte dann den Kopf. Sie lächelte zurück und sagte:

„Guten Morgen. Ich bin Pandora. Wie heißt du?“

„Kahil“, sagte er in einer tiefen und grollenden Stimme und senkte dann schnell wieder den Kopf, als Boxtar grimmig etwas zu ihm sagte.

Sie drehte sich um und sah Boxtar stirnrunzelnd an. Dann fragte sie:

„Was ist denn los mit dir?“

Er antwortete nicht, sondern riss Kahil die Zügel des einen Tiers aus der Hand. Bevor sie sich wehren konnte, hatte er sie schon in den Sattel gesetzt mit einer Leichtigkeit, als ob sie ein Buch ins Regal gestellt hätte. Dann schwang er sich hinter sie auf den Sattel. Sein Arm schloss sich fest um ihre Taille und er zog sie an sich, während er noch etwas in ihr Ohr nuschelte.

„Ich weiß nicht, was das heißt", sagte sie und versuchte ohne Chance auf Erfolg seinen Arm von sich zu drücken. „Warum benimmst du dich so?"

Sie schaute zu Kahil hinüber, aber er hob nur die Hände hoch in einer scheinbar Planeten übergreifenden Geste der Unschuldsbeteuerung; dann stieg der junge Mann auf sein Tier auf. Boxtar knurrte erneut irgendetwas und ritt dann durch den Wald zurück zur Straße. Sobald sie dort ankamen, trieb er das Tier an, schnell zu galoppieren und Kahil folgte ihnen.

Boxtars Körper blieb angespannt und erst als sie eine ganze Weile die Straße entlang geritten waren, fiel ihr ein, dass er vielleicht eifersüchtig war. Das war nicht etwas, was sie von Männern gewohnt war. Jeremy hatte da auch nie nur eine Spur an Sorge gezeigt, nicht einmal, wenn sie für ein Wochenende zu einer Bibliothekarkonferenz mit ihrem Vorgesetzten gefahren war, der ein extrem attraktiver älterer Mann gewesen war.

Tatsächlich waren alle Männer, die sie jemals gedatet hatte, viel zu rational gewesen, um irgendwelche Anzeichen an Eifersucht zu zeigen. Keiner von ihnen hätte jemals einen anderen Mann angeschnauzt, weil sie ihn angelächelt hatte. *Wie primitiv von ihm,* versuchte sie sich einzureden, aber sie konnte ein freudiges Gefühl nicht ganz unterdrücken, da er sie so sehr zu wertzuschätzen schien.

Wert. Jetzt hallte dieses Wort ohne ein Anzeichen von Freude nochmal in ihrem Kopf. Ging es darum? Ihren Warenwert? Er hatte gesagt, dass er sie nicht verkaufen würde, als sie ihn gefragt hatte, aber hatte er die Frage auch richtig verstanden?

Er hatte auf jeden Fall alles dafür getan, für sie zu sorgen, doch auch die Reptilienmänner hatten sie relativ gut behandelt. War das dasselbe hier?

Allerdings konnte sie sich nicht vorstellen, dass einer der Händler sich die Zeit genommen hätte, ihr zu helfen, lesen zu lernen, oder ihren Wunsch respektiert hätte, die Schriftrolle nicht zu zerstören. Außerdem fühlte er sich eindeutig körperlich zu ihr hingezogen, aber hatte nichts getan, außer sie zu küssen.

Bisher war alles, was er über die unmittelbaren Zukunftspläne gesagt hatte, dass sie nach Almadin unterwegs waren. Er hatte nicht gesagt, was sie tun würden, wenn sie dort ankämen. Was, wenn er vorhatte, sie für sich zu behalten? Diese Vorstellung gefiel ihr irgendwie seltsamerweise, das musste sie schon zugeben, aber das könnte niemals gut gehen. Sie musste Quinn und Olivia finden und wenn möglich einen Weg, sie zurück zur Erde zu bringen.

Er hatte auf ihre Fragen bezüglich der Gesetzeshüter nicht reagiert, aber eine relativ große Stadt musste ja irgendein System haben, den Frieden zu wahren. Wenn sie diese Institution kontaktieren könnte, dann könnte sie vielleicht Unterstützung bei der Suche nach ihren Freundinnen bekommen und vielleicht sogar dabei, zur Erde zurück zu kehren. *Es sei denn…*

Sie merkte plötzlich, dass ihr Plan möglicherweise eine wichtige Lücke hatte. Denn die Händler hatten ja eindeutig vorgehabt, sie zu verkaufen. Falls Sklaverei hier erlaubt war, was war, wenn die Gesetzeshüter, die sie kontaktieren würde, sie als das Eigentum der Händler betrachten würden?

Sie dachte noch über diese Frage nach, als sie die anderen Männer der Truppe einholten und alle anhielten. Boxtar und der furchteinflößend aussehende Krieger unterhielten sich kurz über ihren Kopf hinweg. Plötzlich hatte sie die Schnauze voll davon, ignoriert und wie ein Gepäckstück behandelt zu werden und wandte sich um zu dem Mann, der neben ihnen ritt.

„Hallo. Ich bin Pandora. Wie heißt du?"

Sie spürte, wie Boxtars Körper sich erneut anspannte und sie konnte am Gesichtsausdruck des Mannes sehen, dass ihm das auch aufgefallen war. Der Mann grinste sie aber fröhlich an und machte einen glaubhaften Versuch einer höflichen Verneigung, so gut das eben während des Reitens ging, und sagte:

„Gazar", und dann sagte er noch etwas, was sie nicht verstehen konnte, aber sie meinte, das Wort wiederzuerkennen, das so etwas wie „Dienst" hieß.

„Schön, euch kennen zu lernen", sagte sie so ruhig wie möglich und versuchte so gut wie möglich, das kaum hörbare knurrende Gemurmel zu ignorieren, das sie durch Boxtars Brust vibrieren spüren konnte, als sie auch die übrigen zwei Männer anschaute. „Wie heißt ihr denn?"

„Housen", sagte der, der fleißig und lernbegierig auf sie gewirkt hatte, und sah sie nachdenklich und neugierig an.

Der Krieger sagte ein paar Silben, die sie nicht einordnen konnte, und seufzte dann, als sie offensichtlich verwirrt war und sagte: „Worvak".

„Schön, euch alle kennen zu lernen", sagte sie nochmal und schaute dann über ihre Schulter mit angehobener Augenbraue Boxtar an und fragte: „Sollten wir nicht weiter gehen?"

Sie hörte, wie Gazar lachte und Worvak grunzte in einem Geräusch, dass sie auch als Lachen deutete, aber sie war damit beschäftigt, Boxtar anzustarren. Er schaute sie sehr intensiv an, seine Augen blitzen golden und die sehr scharfen Zähne an der Seite seines Mundes waren sehr deutlich sichtbar. Sie erwiderte seinen Blick etwas ergiebiger und demütiger und jetzt lachte er plötzlich und sah nicht mehr so gefährlich auf.

Er beugte sich zu ihr hinab und sein Mund berührte kurz ihren, dann murmelte er etwas, wovon sie sich fast sicher war, dass es so etwas hieß wie *„warte bloß"*, doch dann richtete er sich auf und sagte etwas zum Rest seiner Bande. Sie glaubte, dass er so etwas sagte wie *„Ihr habt die Dame gehört, los gehts!"* und sie lächelte heimlich vor sich hin.

Sie setzten jetzt die Reise wieder fort und sie erlaubte es sich, sich zu entspannen und sich an Boxtar zu lehnen. Was auch immer er mit ihr vorhatte, es schien ihr momentan nicht mehr so bedrohlich zu sein.

Sie ritten den ganzen Tag und machten nur zwei mal Pause, um etwas zu trinken und etwas Trockenfleisch zu essen, das dem ähnlich schien, das auch die Kaufleute gehabt hatten. Sie versuchte weiterhin so viele Worte wie möglich zu lernen, aber da die Landschaft immer wieder sehr ähnliche Anblicke bot, waren die Möglichkeiten neue Worte zu lernen etwas beschränkt. Die Schriftrolle mit den vielen Bilder war dafür wesentlich besser geeignet.

Als die Schatten am Nachmittag länger wurden, begann die Straße weiter vom Fluss weg zu führen, und Boxtar schickte erneut Worvak voraus, um eine geeignete Lagerstätte zu finden. Auch diesmal war ihre Raststätte an einem Gewässer, auch wenn es ein großer, friedlich aussehender Teich war und kein Fluss. Sehnsüchtig schaute sie auf das Wasser.

Sie vermutete zwar, dass das Wasser bestimmt genauso kalt wie das Flusswasser war, aber sie fragte sich, ob sie vielleicht eine

Runde darin schwimmen könnte. Allerdings wollte sie auch nicht, dass ihre Kleider nass wurden und sie würde sich ganz bestimmt nicht vor all diesen Männern ausziehen, auch wenn sie sie bisher alle in Ruhe gelassen hatten.

Ihre Beine waren wieder sehr wacklig, als Boxtar sie vom Mori hinab hob und diesmal zögerte sie nicht, sich an ihn zu lehnen, bis sie sich wieder ans Stehen gewöhnt hatte. Sie schaute in sein Gesicht hoch und er strich ihr sanft eine Haarsträhne aus dem Gesicht. Ihr stockte der Atem ob des goldenen Schimmers in seinen Augen und sie wartete darauf, dass er seinen Kopf hinab senken und sie küssen würde. Doch bevor er das tun konnte, rief Gazar nach ihm. Er sah sie wehmütig lächelnd an und ging dann zu den anderen Männern, um ihnen beim Abladen der Mori zu helfen.

Kahil hatte begonnen, die Tiere am Wasser zu tränken und sie überlegte, sich zu ihm zu gesellen, aber sie vermutete, dass Boxtar das nicht gut fände und sie wollte nicht, dass einer seiner Männer wegen ihr Probleme kriegte.

Stattdessen entschied sie zu Housen hinüber zu laufen, der gerade ein Feuer anzündete. Er nickte ihr zu und sie setzte sich neben ihn. Erstaunt beobachtete sie, wie schnell er eine große Flamme in Gang brachte und versuchte herauszufinden, wie er das gemacht hatte.

Sobald das Feuer im Gang war, ging er weg und sie blieb zurück und starrte verschlafen in die Flammen. *Wie kann ich so müde sein, wenn ich den ganzen Tag gesessen bin?*

Sie war schon halb weg genickt, als Worvak auftauchte und zwei vogelartige tote Tiere trug.

Die Tiere waren scheinbar schon gerupft und gewaschen und sie schaute interessiert zu, wie er sie auf einen großen, flachen

Stein legte und ein riesiges Messer hervor zog. Als er das Messer anhob, wurde ihr klar, dass er einfach vorhatte, die Vögel in Stücke zu hacken.

„Nicht so“, warf sie ein.

Er schaute zu ihr hinüber und sah sie stirnrunzelnd an, aber sie weigerte sich, sich von ihm einschüchtern zu lassen.

„So zerlegt man keinen Vogel. Das Fleisch wird besser gegart, wenn du sie in Stücke schneidest.“

Er schaute sie noch einen Moment stirnrunzelnd an, dann grunzte er heiser, was vermutlich ein Lachen war und reichte ihr das Messer. Sie betrachtete es einen Moment lang, dann zuckte sie mit den Schultern und ging zu ihm. Wie sie vermutet hatte, hatten die Tiere eine ähnliche Anatomie wie Vögel auf der Erde. Sie zerteilte die Tiere schnell in Stücke. Es schien nicht viel andere Auswahl zur Zubereitung als den großen Topf zu geben, der am Abend zuvor benutzt worden war, aber damit konnte sie arbeiten. Sie stellte den Topf aufs Feuer, um Hitze zu erzeugen, und als sie aufschaute, sah sie, dass Boxtar sie beobachtete.

„Könnte ich etwas von den Gewürzen zum Kochen benutzen? Das Eszer und die anderen?“, fragte sie. Er sah sie nachdenklich an, doch dann zuckte er mit den Schultern und ging, um die Gewürzboxen zu holen. Sie streute etwas von den Gewürzen über die zerteilten Vögel und rieb die Gewürze dann in die Haut ein, bevor sie die Fleischstücke in den heißen Topf gab. Die Haut brutzelte und wie sie gehofft hatte kam genug Fett aus den Fleischteilen gelaufen, um zu verhindern, dass das Fleisch anbrannte. Als sie erneut aufschaute, hatte sich die gesamte Bande um das Feuer versammelt und schaute hungrig auf den Topf. Sie lachte.

„Es wird noch eine Weile dauern, bis das fertig ist. Ihr werdet noch warten müssen."

Alle bis auf Boxtar und Worvak gingen wieder weg. Boxtar beobachtete sie, aber Worvak schien wesentlich mehr daran interessiert zu sein, wie sie die Vögel zubereitete. Er begleitete sie, als sie los ging, um etwas Wasser zu holen und in den Topf zu gießen, dann hielt sie inne und betrachtete nachdenklich die Pflanzen, die am Rand des Teiches wuchsen.

„Weißt du, ob einige davon essbar sind?", fragte sie. Worwak schnaubte und Boxtar, der ihnen hinterher gegangen war, lachte und sagte:

„Worwak mag nur Fleisch". Dann schüttelte er den Kopf und schaute, was für Pflanzen hier wuchsen. Nach kurzer Suche zog er eine handvoll an langen Stielen mit kleinen Knollen aus der Erde und reichte sie ihr. Sie rochen ein bisschen wie Zwiebel und sie nickte zufrieden.

Sie wusch die Erde ab und er ging weiter das Ufer entlang und kam mit ein paar weiteren, anderen länglichen kartoffelartigen Knollen zurück. Sie hatten eine seltsam rosa Farbe und rochen nach nichts, aber die meisten Knollengewächse hatten keinen starken Eigengeruch, bevor sie gekocht wurden. Sie wusch auch diese Knollen ab und ging dann zum Feuer zurück. Sie schnitt das Wurzelgemüse klein und fügte es zum Fleisch in den Topf hinzu und briet alles kurz für einige Minuten an, bevor sie noch etwas Wasser hinzu fügte. Als das Wasser begann zu köcheln, setzte sie sich hin und lächelte zufrieden die beiden Männer an.

„Jetzt müssen wir nur noch warten, bis es fertig ist."

Worvak nickte ihr kurz zu, dann stand er auf und ging in Richtung des Teichs. Er zog seine Rüstung aus und erst als er nach seiner Hose griff, wurde ihr klar, was er vor hatte, und sie schaute schnell weg. Jetzt, wo sie sich nicht länger auf das Kochen konzentrieren musste, hörte sie das Gelächter und sah das Wasser aufspritzen: Alle Männer außer Boxtar waren schwimmen gegangen.

„*Baden?*", fragte Boxtar und sie schüttelte etwas niedergeschlagen den Kopf.

„Nein danke. Aber du kannst gern gehen, wenn du willst", schlug sie ihm vor und hoffte ein bisschen, dass er ihrem Vorschlag nachkommen würde. Sie hatte keinerlei Verlangen danach, die anderen Männer anzuschauen, aber plötzlich war sie doch extrem neugierig, wie Boxtar nackt aussah.

Statt zu antworten stand er auf. Sie schaute unter ihren Wimpern hervor zu ihm hoch und wollte schauen, ob er seine Tunika auszog. Stattdessen streckte er ihr seine Hand entgegen und zog sie auf ihre Füße.

„*Baden!*" sagte er bestimmt und diesmal war es keine Frage.

„Aber..."

Sie hörte auf sich zu wehren, als er statt hinter den anderen Männern her zu gehen mit ihr das Ufer des Teichs entlang ging auf die andere Seite des Gewässers. Dort war ein kleiner Wasserfall und sie kletterten darüber und fanden einen kleineren Teich auf der anderen Seite. Dieser Teich wiederum wurde von einem weiteren Wasserfall angefüllt und sie konnte sehen, dass weiter oben auf dem Berg noch mehr Wasser glänzte.

Der Bereich neben dem kleineren natürlichen Pool war von Natur aus etwas geschützter als die Wiese, auf der sie sich weiter unten niedergelassen hatten, und obwohl sie die anderen Männer noch hören konnten, so schirmte einiges an Gebüsch den Bereich blickdicht vom Lager ab. Sie schaute sehnsüchtig auf das Wasser. Es war wirklich eine sehr schöne Stelle mit dicken farnartigen Pflanzen, die an der Seite entlang wuchsen, und die späte Nachmittagssonne funkelte auf dem Wasser. Sie beugte sich hinab und fuhr mit den Fingern durchs Wasser. Erfreut stellte sie fest, dass es wesentlich wärmer als der Fluss am Abend zuvor war.

„Vielleicht werde ich doch ein Bad nehmen –", begann sie zu sagen und drehte sich um. Boxtar stand splitterfasernackt vor ihr.

Es verschlug ihr die Worte und sie konnte nicht anders, als ihn einfach nur anzustarren. Das Sonnenlicht ließ seine Haut golden glänzen und betonte seine breiten Schultern und kräftigen Muskeln. Ihr Blick wanderte seinen Körper hinab bis zu seinem Schwanz; seinem sehr erigierten und sehr außerirdischen Schwanz.

Sein Gemächt war besetzt mit Erhöhungen, die sich von der breiten Wurzel seines Penis bis kurz unter den breiten Kopf zogen, der mit einer Spirale derselben Erhöhungen versetzt war.

Er ging auf sie zu mit golden glänzenden Augen und sie versuchte verzweifelt zu überlegen, was sie sagen konnte.

Er blieb so dich vor ihr stehen, dass die Spitze seines Penis ihren Bauch kurz berührte, und er legte einen Finger an ihr Kinn. Sein Finger schien sich in ihre Haut zu brennen, während er behutsam ihren offen stehenden Mund schloss. Sie starrte noch immer zu ihm hoch, unfähig, ein Wort hervor zu bringen. Dann grinste er und ging an ihr vorbei ins Wasser.

Oh mein Gott. Obwohl sie wusste, dass ihre Wangen knallrot waren, erlangte sie genug ihrer Fassung zurück, dass sie sich umdrehen und ihm hinterher schauen konnte. Er schaute aus der Mitte des natürlichen Pools noch immer lächelnd zu ihr hinüber und seine langen, goldenen Haarsträhnen trieben auf der Wasseroberfläche entlang und glitzerten im Licht der untergehenden Sonne. Er sah aus wie ein mystischer Wassergott aus einer Sage, der zum Leben erwacht war.

„*Baden?*“, fragte er mit einer eindeutig herausfordernden Stimme.

Das ist keine gute Idee, sagte der rationale Teil ihres Hirns, doch dieses eine Mal wollte sie nicht auf die Vernunft hören. Auf der Erde hätte sie es niemals in Betracht gezogen, mit einem fremden Mann nackt schwimmen zu gehen, aber jetzt hatten sich die Regeln geändert.

Ohne bewusst darüber nachzudenken wanderten ihre Finger zu den Knöpfen ihres Pyjamaoberteils und sie begann dieses zu öffnen. Sie schlüpfte aus dem Oberteil und aus der Hose und ihren Pantoffeln, so dass sie nur noch ihr knappes schwarzes Unterhemdchen und Höschen trug, das sie unter ihrem Schlafanzug angehabt hatte. Sie war sich schmerzhaft bewusst, wie viel von ihrer blassen, nackten Haut jetzt sichtbar war, aber versuchte seinem intensiven Blick nicht auszuweichen. Die Hitze in seinen Augen ermutigte sie und erhobenen Hauptes ging sie zu ihm ins Wasser.

KAPITEL SECHS

Boxtars Schwanz pochte im selben Rhythmus wie sein Puls, während er Pandora betrachtete, die auf ihn zu lief. Verdammt, sie war wunderschön und ihre heißen, üppigen Kurven quollen aus den kleinen, engen Kleidungsstücken, die sie jetzt noch an hatte. Er hatte gehofft, dass sie auch diese ausziehen würde, aber war auch nicht überrascht, dass sie sie an behielt. Sie schien sich ihrer eigenen Schönheit nicht bewusst zu sein. Für einen kurzen Moment fragte er sich, warum das wohl der Fall war, doch dann lenkte ihn der Anblick ihrer wundervollen Brüste, die sich durch ihre Schritte unter dem dünnen Stoff bewegten, zu sehr ab. Der schon tiefe Ausschnitt des kleinen Oberteils rutschte noch weiter nach unten und er erhaschte einen Blick auf eine köstlich rosafarbene Brustwarze.

Ihm lief das Wasser im Mund zusammen beim Gedanken, dieses verführerische Fleisch zu schmecken, und auch wenn ihre übrigen Kleidungsstücke ihre Schönheit nicht verstecken konnten, so ärgerte er sich plötzlich über alles, was zwischen ihm und dieser superweichen Haut stand.

Sein Penis pochte erneut beim Gedanken daran, ihre samtige Weichheit an seinem Körper zu spüren.

Er zwang sich seine Augen von ihrem Körper abzuwenden, um ihr Gesicht zu betrachten. Es war ihr gelungen, den ruhigen Gesichtsausdruck beizubehalten, den sie immer aufsetzte, wenn sie ihre Gefühle verstecken wollte, aber konnte sehen, dass ihre Finger zitterten.

Seine Brust schmerzte und er bewegte sich absichtlich nach weiter hinten im Wasser, so dass sie Platz hatte, ins Wasser zu kommen, auch wenn er sich danach sehnte, auf sie zu zu gehen.

Als sie vorsichtig ins Wasser trat und es ihr bis an die Knie reichte, seufzte sie freudig auf und fragte:

„Warum ist das Wasser so warm?“ Sie zögerte, dann versuchte sie die Sprache der Schriftrolle zu benutzen, um nochmal zu fragen: „Nicht kalt?“

„Ich sollte ihr eigentlich sagen, dass ich das meiste, was sie sagt, verstehe“, dachte er; aber der Gedanke an ihre Sprachlektionen hielt ihn zurück. Es war lange her gewesen, dass ihm etwas so viel Spaß gemacht hatte wie sie auf seinem Schoß fest zu halten, während sie sich über die uralte Schriftrolle beugten.

„Es gibt heißes Wasser in den Bergen“, sagte er und versuchte die Worte zu benutzen, die sie schon gelernt hatte, während er auf den Berg hinter ihnen zeigte.

Sie nickte nachdenklich und ging dann durchs Wasser zum Wasserfall an der anderen Seite des Pools.

„Ja, hier fühlt es sich wärmer an. Ich frage mich, wie weit man hoch gehen muss, bevor das Wasser sehr heiß wird."

Er vermutete, dass sie mehr mit sich selbst als mit ihm sprach, also antwortete er nicht, sondern genoss den Anblick davon, wie sie das neue Wissen in ihrem Kopf abzuspeichern schien. Sie drehte sich um, lächelte ihn an und ging dann wieder auf ihn zu.

„Irgendwie glaube ich nicht, dass du es gut finden würdest, wenn ich weggehen und nach der Quelle des heißen Wassers suchen würde –"

Er öffnete den Mund, um sie zu warnen, dass der Pool gleich wesentlich tiefer werden würde, aber seine Warnung kam zu spät. Sie verschwand mit einem großen Geplätscher und einem erschrockenen Gesichtsausdruck unter der Wasseroberfläche. Besorgt eilte er zu ihr hinüber, aber ihr Kopf war schon wieder aufgetaucht und ihr dunkles Haar lag eng an ihrem Gesicht an. Ihr Gesichtsausdruck erinnerte ihn an einen Bergargal, der unerwartet in den Fluss gefallen war, und er musste lachen. Sie blitzte ihn böse an und ihre übliche Fassung war wie weggeblasen.

„Das hast du absichtlich gemacht", brach es spuckend aus ihr hervor. *„Warum hast du mich nicht gewarnt?"*

„Das wollte ich gerade tun", sagte er beruhigend, als er bei ihr ankam.

Er merkte, dass sie den Boden nicht mit ihren Füßen erreichen konnte, also zog er sie an sich.

Ihre kleinen Hände hielten sich an seinen Schultern fest und sie lehnte sich an ihn, während er ihren Körper unterstützte. Ihr Körper drückte sich an seinen und der dünne, nasse Stoff war das einzige, was zwischen ihnen war. Er spürte die harten Spitzen ihrer Brüste verführerisch an seiner Brust streifen.

Seine Hand glitt automatisch zu ihrem üppigen, kurvigen Hintern, wo er ihr half, sich im Wasser zu halten, und er hätte fast aufgestöhnt, als seine Hand sich um das weiche Fleisch schloss. Ihre Beine legten sich um seine Hüften und obwohl noch Stoff zwischen ihnen war, spürte er den hitzigen Kuss ihrer Möse an seinem Schaft, bis ihre Augen ganz schwer wurden vor Lust, so wie am Abend zuvor, als er sie geküsst hatte. Doch etwas in ihm – vielleicht die Überreste seiner vor langer Zeit erlernten Ehre, hielten ihn davon ab, weiter zu gehen.

Ihre Gesichter waren dicht voreinander, und er wusste, dass sie ihn betrachtete, aber er konnte ihren Gesichtsausdruck nicht deuten. Dann leckte sie sich diese prallen, verführerischen roten Lippen und fragte flüsternd: „Kuss?"

Nichts hätte ihn davon abhalten können, ihr zu geben, was sie wollte. Er vergrub seine freie Hand in ihrem seidigen, nassen Haar und hielt sie fest, während er seinen Mund auf ihren hinab senkte. Er stöhnte, weil ihr Mund so süß war, und sie begegnete seinem Kuss genauso gierig wie er. Ihre Hände schlossen sich fester um seinen Hals und zogen ihn zu sich. Sie begann, sich an ihm zu winden und ihre Brüste rieben sich genüsslich an seiner Brust. Ihre süße kleine Möse streichelte über seinen Schwanz.

Er umschloss ihren Po fester mit seiner Hand und all seine Gedanken an Zurückhaltung verschwanden, während er ihr so half, sich auf ihm zu bewegen, auf und ab entlang seiner Erhöhungen. Jedes Mal, wenn er den oberen Teil ihres Schlitzes erreichte, stöhnte sie in seinen Mund und dann konzentrierte er sich auf diese Stelle und strich immer wieder mit seinem

Schwanz über die Stelle, bis ihr gesamter Körper sich anspannte. Sie schnappte nach Luft und löste sich jetzt aus dem Kuss, während ihr Körper bebte und ihr Kopf in den Nacken fiel, während sie seinen Namen schrie.

Ihr Schrei rollte durch seinen Körper und dann kam auch er und erschauderte hilflos, während sein Samen in langen Schüben an ihren Körper strömte.

Seine Knie drohten nachzugeben und sie fest zu halten war alles, was er tun konnte, während sie in seinen Armen zitterte und ihr Kopf sich nach vorne bewegte und sich dann an seiner Schulter ablegte. Er schloss seine Arme um sie und schwor sich in diesem Moment, sie nie wieder los zu lassen. Dann hob sie aber den Kopf und ihr Gesicht hatte einen entzückenden rosafarbenen Ton angenommen. Sie lächelte ihn unsicher an. Verzweiflung überkam ihn. Sie war so schön und intelligent und empfänglich für ihn; sie verdiente alles, aber was konnte er ihr schon bieten außer eine Unterkunft auf Zeit und eine unsichere Zukunft?

Vielleicht konnte sie die Zweifel auf seinem Gesicht sehen, denn sie hörte auf zu lächeln und sagte jetzt:

„Es tut mir leid. Ich wollte nicht..“

Er hasste sich noch mehr, als er ihr ansah, wie sie zögerte und drückte ihr dann einen schnellen, beruhigenden Kuss auf die Lippen und sagte:

„Du warst perfekt. Und sehr, sehr schön.“

Sie verstand offensichtlich genug, dass zumindest ihr Lächeln zurück kehrte, auch wenn ihre Wangen noch röter wurden. Er lächelte und trug sie aus dem Wasser. Er ignorierte ihren

Versuch, sich aus seinen Armen zu lösen, als sie ins flachere Wasser kamen.

„Du musst mich nicht tragen. Ich weiß, dass ich schwer bin.“

Sie zweifelte an seiner Stärke? Er korrigierte ihre Haltung, so dass er sie mit nur einem Arm trug und grinste sie triumphierend an. Sie schüttelte den Kopf, aber lächelte wieder.

„Angeber“, murmelte sie. Er verstand zwar das Wort nicht, aber so lange sie lächelte, war ihm das egal.

Er trug sie hinüber zu der Stelle, wo sie ihre seltsam aussehenden Gewänder abgelegt hatte, und setzte sich neben sie. Sie schaute ihre Kleider missmutig an.

„Ich wünschte, ich könnte meinen Schlafanzug waschen, aber ich weiß nicht, wie lange es brauchen würde, ihn zu trocknen, und ich glaube, heute Nacht wird es kalt werden.“

Als ob die Luft ihr antworten würde, zog in dem Moment eine kühle Brise an ihnen vorbei und sie erschauderte. Er wusste, dass sie recht hatte: Die Luft kühlte sich schnell ab, wenn die Sonne untergegangen war, und er vermutete, dass es eine kalte Nacht werden würde.

„Du könntest meine Kleider tragen.“ Er bot sie ihr an, aber sie schüttelte den Kopf:

„Das ist sehr lieb von dir, aber ich glaube wir haben nicht gerade denselben Körperbau.“

„Den Göttern sei Dank dafür“, murmelte er und kniff in das weiche Fleisch ihres Hinterns.

Ein schüchternes, bezauberndes Lächeln stand in ihrem Gesicht und ihre Wangen wurden erneut rosa. *„Genau.“*

Dann schaute sie auf ihren Bauch hinab und sagte seufzend: *„Tatsächlich sollte ich die Unterwäsche auch waschen. Du scheinst deine Spuren darauf hinterlassen zu haben."*

Er folgte ihrem Blick und sah die sanft glänzenden Reste seines Samens auf dem schwarzen Stoff, der die sanfte Rundung ihres Bauches bedeckte. Er fuhr mit den Fingern daran entlang und ihm kam plötzlich das Bild in den Kopf, wie sein Kind in ihr heranwuchs. Sein Schwanz wurde so schnell hart ob dieser Vorstellung, dass ihm fast schwindelig wurde und sie zuckte zusammen, als sein Steifer sich an ihren Hintern legte.

„Wow. Das ging ja schnell. Anscheindend brauchen große, goldene Außerirdische keine besonders lange Regenerierungsphase."

Ihr Gesichtsausdruck sah gleichzeitig überrascht und interessiert aus, aber was ihn völlig überraschte, war, dass sie zwischen ihre Körper griff und ihre kleinen, weichen Finger anfingen, an seinem Schwanz entlang zu tanzen. Er stöhnte und griff nach ihrer Hand. Jede Faser seines Körpers sehnte sich danach, sie zu ermutigen, ihn weiter zu streicheln, aber stattdessen zwang er sich, ihre Hand weg zu bewegen.

„Wenn du das weiter machst, musst du noch mehr waschen."

Er gestikulierte auf die Flecken an ihrem Oberteil und ihr Gesichtsausdruck veränderte sich von Verunsicherung zu genussvoller Freude.

„Außerdem hast du recht: Es wird kälter", fügte er hinzu und zeigte auf ihre Kleider am Boden. „Geh und wasch die Kleider und ich werde etwas finden, was du anziehen kannst."

So wie er ihre zusammen gedrückten Lippen deutete, vermutete er, dass sie ihn verstanden hatte, aber nicht vorhatte, ihm zu gehorchen. Dem konnte er Abhilfe schaffen. Er hob sie von seinem Schoß, griff nach ihren Kleidern und warf sie ins flache Wasser am Ufer.

„Warum hast du das gemacht? Du weißt, dass ich nichts anderes zum Anziehen habe.“

Sie starrte ihn wütend an und stemmte ihre Hände in die Hüften und er musste wieder lächeln. Ihr wilder Gesichtsausdruck erinnerte ihn noch mehr als vorhin an die kämpferischen, kleinen Bergtiere.

„Vertraue mir, kleiner Argal. Ich bin gleich zurück.“ Dann zeigte er auf die Kleider, die am untergehen waren und sagte: „Wasch die Sachen.“

Sie schnaubte empört, aber ging zu der Stelle, wo ihre Kleider waren, als er seine Hose hoch zog und in Richtung des Lagers davon ging. Er griff seinen Umhang und zog dann einen seidigen Stoff aus einer der Satteltaschen.

„Lohnt es sich überhaupt zu fragen, wo du mit diesem extrem teuren Stoff hin willst?“, seufzte Gazar.

„Nein. Kannst du von meinem Anteil abziehen.“

„Das würde mich mehr trösten, wenn wir tatsächlich schon Anteile hätten.“

Trotz dieser Beschwerde klang Gazar nicht besonders wütend und Boxtar grinste ihn an, bevor er zu seiner Frau zurückkehrte.

KAPITEL SIEBEN

Pandora griff nach ihrem nassen Schlafanzug und erinnerte sich plötzlich daran, dass in der Hosentasche die Münze war, die Boxtar ihr gegeben hatte. Glücklicherweise war sie noch in der Tasche und sie legte sie behutsam auf den Boden am Ufer. Sie sah ihre nassen Kleider angewidert an, aber jetzt konnte sie sie auch waschen.

Sie wirbelte den Stoff durchs Wasser und wünschte sich, dass sie etwas Seife hätte, aber ihre Gedanken waren vor allem damit beschäftigt, was gerade im Wasser passiert war. Sie war noch nie zuvor von etwas anderem als der Bewegung ihrer eigenen Hand gekommen, und doch war sie, als sie sich an dem großartigen, außerirdischen Schwanz gerieben hatte, härter gekommen als je zuvor in ihrem Leben. Sie glaubte auch nicht, dass das nur an der körperlichen Stimulation gelegen hatte. Alles an diesem Moment war perfekt für sie gewesen: Das warme Wasser, die schöne Umgebung...und Boxtar.

Sie schaute auf die glänzenden Reste seines Samenergusses auf ihrem Unterhemd und lächelte.

Scheinbar war es für ihn auch gut gewesen. Sie wünschte, er hätte ihre Hand nicht so schnell abgewiesen.

Es erschien ihr nur fair, dass sie ihn auch anfassen können sollte. *Ihn vielleicht sogar schmecken könnte.*

Dieser Gedanke führte dazu, dass sich ihre Brustwarzen an den nassen Stoff drückten, dann schob sie all diese Schwelgereien von sich und konzentrierte sich auf das Waschen ihrer Kleidung.

Sie rieb gerade ihre Kleider aneinander, als eine große Hand ihr ein Bündel voll Blätter entgegen warf. Sie schaute hoch in Boxtars lächelndes Gesicht.

„Was soll ich damit?"

Er kauerte sich neben sie und zeigte ihr wie das Zerbröseln und Reiben der Blätter eine seifige, kräutrig riechende Substanz freisetzte. Sie rieb die Blätter in ihren Schlafanzug und legte die Kleider danach auf das Gras zum Trocknen.

„Die auch."

Er zeigte auf ihre Unterwäsche und nach kurzem Zögern griff sie die Blätter und ging tiefer ins Wasser hinein. Als sie ganz vom Wasser bedeckt war, schlüpfte sie aus der Unterwäsche und wusch dann erst die Kleidungsstücke und dann ihren Körper. Der nasse Stoff klebte unangenehm an ihr, als sie sie wieder anzog und aus dem Wasser stieg.

Boxtar hatte ihre Münze aufgehoben und machte irgendwas damit. Er sah sie entschuldigend an, als er sie ihr wieder reichte und sie sah, dass er sie an einem dünnen Lederband befestigt hatte, gerade lang genug, um es um ihren Hals zu tragen. Sie spürte wieder einen Kloß im Hals. Jedes Mal, wenn er so etwas ihr gegenüber Aufmerksames tat, drohte ihr Herz ein wenig mehr dahin zu schmelzen.

Er legte die Halskette über ihren Kopf und sah, wie die Münze sich in dem Tal zwischen ihren Brüsten auf ihre Haut legte. Dann zog er an ihrem Unterhemd. Sie schob seine Hand weg und sagte:

„Nein. Ich werde nicht nackt rumlaufen."

Vielleicht war es albern, so gehemmt zu sein was das Ausziehen ihrer Kleider vor ihm anging, vor allem in Anbetracht der Tatsache, wie intim sie vorhin miteinander gewesen waren, aber sie hatte sich nackt noch nie wohl gefühlt.

„Nicht nackt", sagte er behutsam auf kaisarianisch und zeigte ihr dann ein quadratisches Stück Stoff.

„Du machst wohl Witze. Das Ding wird nicht mal meine –"

Er grinste und schüttelte den Stoff auseinander und sie sah, dass der Stoff zusammengefaltet gewesen und mehr als groß genug war, um ihn um ihren Körper zu wickeln. Subtile Blautöne und violette Farben glänzten in dem Stoff und es fühlte sich wie Seide in ihren Händen an.

„Das ist wunderschön."

„Nicht nackt", wiederholte er, als er ihr den Stoff übergab.

Der Stoff würde ihre Figur auch nicht gerade verbergen, aber es wäre wirklich schön, aus den nassen Sachen raus zu kommen.

„Okay. Dann dreh dich um", sagte sie, als er sich nicht bewegte.

Er tat so, als ob er sie nicht verstehen würde, aber sie glaubte ihm überhaupt nicht.

„Du weißt schon ,was ich dir sage“, ermahnte sie ihn und machte eine wirbelnde Bewegung mit ihren Fingern.

Er lachte und gehorchte ihr dann. Sie schlüpfte aus der nassen Wäsche und fühlte sich unfassbar ausgeliefert, als die kühle Brise über ihre nackte Haut zog und ihre Brustwarzen hart wurden. Schnell wickelte sie den seidigen Stoff wie ein Handtuch um sich, aber der Stoff war zu geschmeidig, um von selbst zu halten, also musste sie ihn festhalten.

„Du hast nicht zufällig eine Art Klammer?“

Er drehte sich um, als sie das sagte und seine Augen leuchteten, als sich sein Blick sofort auf ihre Brüste fiel, die gegen den dünnen Seidenstoff drückten. Sie wusste, dass Männer sich von der Größe ihrer Brüste angezogen fühlte, aber sie hatte ihre Oberweite immer eher peinlich gefunden und und ihr Bestes getan, sie zu verstecken. Doch Boxtars Blick auf sie ließ sie selbst zum ersten Mal ihre Brüste positiv wertschätzen. Ihre Brustwarzen wurden noch härter und zeichneten sich deutlich durch den Stoff ab, während er aufstöhnte.

Plötzlich fühlte sie sich sehr mächtig und ließ eine Seite des seidigen Stoffes etwas tiefer sinken, so dass der kühle Stoff ihre Haut streichelte und genau über ihrer Brustwarze zum Halt kam. Sie hatte es auch noch nie besonders genossen, wenn ihre Brüste angefasst wurden, aber wenn sie bedachte, wie gut es sich angefühlt hatte, wenn er sie bisher an anderen Körperstellen berührt hatte...

Sie fasste ihren Mut zusammen und zeigte ihm dann den Rest der Brust und schaute ihn fragend an mit den Worten: „Willst du mich hier anfassen?“

So gierig, wie sein Blick war, erwartete sie fast, dass er sie packen würde, aber auch wenn er schnell an ihrer Seite war, fuhr er nur sanft mit seinen Fingern über den weichen Hügel und umkreiste ihn mit einer ganz zarten Berührung. Ihr Atem stockte und sie drückte ihre Brust nach vorne, weil sie mehr von dieser reizvollen Berührung wollte. Er weigerte sich aber von ihr getrieben zu werden und fuhr mit den kreisförmigen Bewegungen fort. Dabei bewegte er sich immer weiter auf die Brustwarzen zu, die jetzt pochten und prall aufrecht standen in Vorfreude auf seine Berührung.

Als er endlich mit seinem Daumen über die steifen Spitzen fuhr, schoss die Erregung blitzartig in ihre Klitoris und ihre Beine begannen zu zittern. Er legte seinen anderen Arm um sie und hielt sie aufrecht an seinem Körper, während er mit den langsamen Kreisen fort fuhr.

„Du könntest dich ein wenig schneller bewegen", sagte sie hoffnungsvoll, aber er grinste sie nur an und zeigte ihr diese scharfen Zähne.

Ihr blieb fast das Herz stehen. Würde es weh tun, wenn er sie an ihren Brüsten küsste? Ein Schaudern fuhr ihr über die Haut, aber das war nicht nur Angst. Als er ihren Mund geküsst hatte, hatte er bisher nie eine Wunde auf ihren Lippen hinterlassen.

Er fuhr erneut über ihre Brustwarze, diesmal etwas fester.

„Ja, genau so. Mehr davon." Ihre eigene Stimme klang komisch, rau und atemlos, und sie konnte kaum glauben, dass sie ihn noch ermutigte, weiter zu machen.

Er verweilte über ihrer Brustwarze und fuhr mit seinem Daumen eine Ewigkeit lang darauf hin und her, bis er die Brustwarze zwischen seinen Daumen und Finger nahm und leicht drückte. Es war genug, dass eine weitere Welle der feurigen Lust in ihre Klitoris schoss.

„Oh Gott, ja. Mehr."

Er erhöhte langsam den Druck, bis es fast schmerzhaft war, aber das schien sie nur noch mehr zu erregen. Sie keuchte jetzt heftig und konnte selbst spüren, wie feucht es zwischen ihren Beinen war. Er nahm seinen Hand von ihrer Brust und sie wollte sich gerade beschweren, als er seinen Kopf absenkte und den Mund über den pochenden Nippel senkte und diesen mit einem langen, festen Ziehen in seinen Mund nahm. Sie spürte ein kleines Stechen seiner Zähne und ihr Körper schien daraufhin zu explodieren, der Höhepunkt überkam sie so plötzlich, dass sie hingefallen wäre, wenn er sie nicht so fest gehalten hätte. Er saugte weiter und mit jedem starken Ziehen spürte sie es in ihrer Klitoris und noch mehr Wellen der Lust rollten durch sie hindurch, bis ihr Körper ganz schlaff wurde und sie sanft seinen Kopf wegdrückte.

Er hob sofort den Kopf und betrachtete sie aufmerksam. Ihm schien zu gefallen, was er da sah, denn er lächelte sie an, zwar nicht triumphierend, aber mit einer seltsamen Sanftheit, die ihr fast im Herz weh tat. Er zog sie näher an sich und küsste sie. Es war ein langer, lieblicher Kuss, den sie in jedem Teil ihres Körpers spürte. Sie griff zwischen ihre Körper und fand den Kopf seines Schwanzes, der sich an dem Gummiband seines Hosenbundes vorbei drückte. Als sie mit den Fingern darüber fuhr, schien der Penis wegen ihrer Berührung zu beben. Sie wollte ihn neugierig weiter erforschen, aber erneut zog er sanft ihre Hand von seinem Körper.

„Warum willst du nicht, dass ich dich anfasse?", wollte sie wissen.

„Will!", sagte er sofort. *„Aber...Ehre."*

Ehre? Das war eines der Wörter, das in der Schriftrolle vorgekommen war und sie glaubte, dass sie es richtig übersetzt hatte, aber das schien keinen Sinn zu ergeben außer natürlich...

„Du glaubst doch nicht, dass ich eine Jungfrau bin, oder? Dass ich noch nie mit einem Mann zusammen war?“

Er knurrte, aber schüttelte den Kopf.

„Und ich weiß auch, dass es nicht dein erstes Mal wäre. Das kann ja wohl kaum sein.“ Nicht, wenn er so gut darin war, sie anzufassen.

Er zog sie wieder an sich und fuhr mit seinen Fingern durch ihr feuchtes Haar. Mmmh, das fühlte sich gut an.

Er fühlte sich auch gut an, seine nackte Brust so hart und stark an ihren weicheren Kurven, seine Haut wie warmes, weiches Leder mit dieser sanften, interessanten Textur, die ihre Brustwarzen reizte. Ihre noch immer nackten Brustwarzen.

Sie schaute an sich hinab und merkte, dass der seidene Stoff an ihre Füße gefallen war und sie komplett nackt war. Boxtar folgte ihrem Blick und sie sah wie der spiralverzierte Kopf seines Schwanzes zu vibrieren begann, bevor er ihn grob wieder in seine Hose steckte und nach dem seidenen Stoff griff.

„Wunderschön“, murmelte er, als sein Blick noch einmal über ihren Körper wanderte. Dann wickelte er sie wieder in den Stoff ein. Er zog die zwei Enden des Stoffes hoch, überkreuzte sie in ihrem Nacken und band sie zusammen, so dass sie jetzt ein sarongartiges Kleid trug.

„Du überraschst mich immer wieder.“

Dann wickelte er seinen Umhang um sie, hob ihre nassen Kleider auf und führte sie zurück zum Feuer. Zunächst beachteten die anderen sie nicht weiter, aber sie war trotzdem dankbar, dass die Dämmerung die Röte in ihren Wangen verbergen würde. Gazar schaute zu ihnen hoch und hob eine Augenbraue, aber als er den Mund öffnete rammte ihm Housen einen Ellbogen in die Seite und er sagte doch nichts. Die Anderen schienen alle viel mehr Interesse an dem Topf zu haben, der über den Flammen vor sich hin köchelte. Es roch auf jeden Fall sehr lecker und als sie das Fleisch mit einem Stock anfasste, fiel es von den Knochen.

„Ich glaube, es ist fertig."

Sie teilten den Inhalt des Topfes unter allen sechs Anwesenden auf, und sie schaute nervös zu, wie sie ihre ersten Bissen nahmen, aber sie hätte sich keine Gedanken machen müssen.

„Scheiße, ist das lecker", murmelte Gazar und Boxtar sagte etwas Ähnliches. Die anderen waren zu sehr mit Essen beschäftigt, um etwas zu sagen, aber das war ein genauso gutes Kompliment für sie.

Sie lächelte und fing jetzt selbst an zu essen. Mmmh. Also wenn sie die bescheidenen Umstände bedachte, so war das Essen wesentlich besser geworden, als sie hätte annehmen können. Die Vögel schmeckten ein wenig wilder als gezüchtetes Geflügel auf der Erde, aber die Gewürze komplimentierten den Geschmack und die Tatsache, dass es lange geköchelt hatte, führte dazu, dass das Fleisch sehr weich war. Die gekochten Knollen hatten einen fast fruchtigen, apfelartigen Geschmack, der auch gut zu dem Fleisch passte.

Schade, dass ich nichts habe, aus dem ich Brot machen kann, dachte sie, als sie sich über die reichhaltige Brühe hermachte.

Sie schaute auf Worvaks Teller hinüber und bemerkte, dass er, obwohl er wohl etwas gegen Gemüse hatte, all seine Knollen aufgegessen hatte. Natürlich hatte er auch sein gesamtes Fleisch gegessen; und zwar inklusive der Knochen. Da wunderte sie sich auch nicht mehr, dass er die Vögel einfach hatte zerhacken wollen.

Sie dachte noch einmal über Brot nach, als Boxtar aufstand und ihren leeren Teller nahm. Er und Housen gingen mit dem Geschirr zum Teich und wuschen alles aus, während die anderen anfingen, die Decken für die Nacht bereit zu legen.

Nur Worvak legte sich nicht hin, der scheinbar wieder Wache schieben wollte. Sie schaute zu ihm hinüber, als Boxtar zurück kam und fragte:

„Macht er das jede Nacht? Bewachen?"

Boxtar setzte sich neben sie und hob sie dann hoch in seinen Schoß. Sie dachte kurz darüber nach, sich dagegen zu wehren, aber das erschien ihr jetzt albern, weil sie schon so intim miteinander gewesen waren. Außerdem war es wesentlich bequemer, sich an ihn lehnen zu können, als direkt auf dem Boden zu sitzen.

„Ja", sagte er, und sie merkte, dass er auf ihre Frage antwortete. Er zögerte und sie vermutete, dass er nach einem kaisarianischen Wort suchte, das sie verstehen würde. *„Schlechte Zeit."*, sagte er schließlich.

„Du meinst, ihm ist in der Vergangenheit etwas Schlimmes passiert?", fragte sie und zeigte in Richtung Worvaks Gestalt.

Er schüttelte den Kopf und sagte: *„Schlecht für mich."*

„Dir ist etwas Schlimmes passiert und er hat sich selbst die Schuld gegeben?"

Er nickte und sie war wieder überrascht, wie viel von dem, was sie sagte, er zu verstehen schien. Sein Daumen strich beiläufig über ihren Oberschenkel und die Erinnerung an die Lust, die er ihr bereitet hatte, durchfuhr ihren Körper. Wie hatte er das gemacht? Wie hatte er es geschafft, ihr mehr Lust zu bereiten als jeglicher Mensch in ihrem Leben es je geschafft hatte? Ihr Körper spannte sich an, als sie die beiden Gedanken miteinander verband, und seine Hände hielten inne und er schaute sie fragend an.

„Hast du schon einmal jemanden wie mich getroffen?", wollte sie wissen. „Einen anderen Menschen?"

„Menschen?" Der verhaltene Blick auf seinem Gesicht ließ sie noch misstrauischer werden.

„Ja. Ich bin ein Mensch. Von einem Planeten namens Erde. Bist du von hier? Von diesem Planeten?"

Sie klopfte auf den Boden und er schüttelte den Kopf.

„Ich bin balainisch."

„Und hast du schon mal jemanden wie mich getroffen?", fragte sie erneut.

„Nein, mein Argal." Er legte sanft seine Hand auf ihre Wange und schaute ihr direkt in die Augen.

„Niemand so Schönes."

Sie wusste, dass sie wieder rot anlief, und auch wenn es vermutlich dumm war, glaubte sie ihm.

„Okay. Wie wäre es, wenn wir uns nochmal die Schriftrolle anschauen? Wenn es noch nicht zu spät ist..." Ihr Blick war auf die schon in Decken gewickelten Männer am Feuer gefallen.

Er grinste und zog den Beutel hervor, in dem die Schriftrolle steckte. Er rollte sie auf bis an die Stelle, bei der sie am Abend zuvor angekommen waren. Als er wieder begann, die Worte mit den Bildern in Verbindung zu bringen, hatte sie eine weitere Frage: „Ist das deine Sprache? Ist das balainisch?“

Er schüttelte den Kopf und sagte: *„Kaisarianisch.“*

„Ist das, wo wir sind? Auf Kaisar?“

Er kicherte und zeigte hoch in die Sterne als er sagte: „Kaisar.“ Dann klopfte er wieder auf den Boden und sagte: *„Maskah.“*

„Das verstehe ich nicht. Wenn wir auf Maskah sind, warum ist die Schriftrolle dann kaisarianisch?“

Er hob seine Hand und hielt seine Handfläche parallel zum Boden und sagte:

„Kaisar.“ Dann zeigte er immer wieder auf den Bereich unter seiner Hand während er verschiedene andere Namen aufzählte:

„Maskah, Balain, Elgin...“

„Ich glaube jetzt verstehe ich: Ist Kaisar der Planet, der über all die anderen regiert?“

Als er nickte, hätte sie am liebsten los geheult. Sie waren irgendwie inmitten eines galaktischen Imperiums gelandet und die Tatsache, dass es so viele Planeten regierte, ließ sie vermuten, dass sie wesentlich weiter von der Erde entfernt waren, als sie gedacht hatte.

„Pandora?“, fragte Boxtar sanft und unterbrach mit seiner Frage ihre deprimierten Gedanken: *„Nicht mehr Sprache?“*

„Nein! Ich meine doch! Ja, mehr Unterricht.“ Wenn sie auch nur die geringste Chance haben wollte auf die Erde zurückzukehren, dann musste sie so viel lernen, wie sie nur konnte.

Er betrachtete ihr Gesicht für einen Moment und nickte dann, bevor er sich über die Schriftrolle beugte.

Jetzt tat ihr das Herz aus einem weiteren Grund weh. Sie war fest entschlossen, ihre Freundinnen zu finden und ihnen zu helfen, zur Erde zurück zu kommen, aber sie hatte schon Angst vor dem Tag, an dem sich ihr Weg von Boxtar trennen würde.

KAPITEL ACHT

Trotz ihrer vielen Sorgen lief der Sprachunterricht gut und sie wollte ungern aufhören, als Boxtar die Lektion für beendet erklärte.

„Wir haben morgen einen langen Tag vor uns“, sagte er und sie kannte jedes der kaisarianischen Worte, das er benutzte.

Sie lächelte ihn an und erschauderte dann, als er sich vorbeugte, um die Schriftrolle weg zu packen. In seinen Armen hatte sie nicht gemerkt, wie kalt es geworden war; wesentlich kälter als in der Nacht zuvor.

„Ist das der Winter? Telel?“, fragte sie, als ihr plötzlich etwas klar wurde.

„Bald“, antwortete er und sie zitterte erneut.

Ihr Toilettenausflug in den Wald fiel so schnell wie möglich aus und sie zögerte jetzt keinen Moment, sich an Boxtar zu kuscheln, sobald sie zu seiner Decke zurückkehrten. Sie schaute hoch in den Nachthimmel und den weit entfernten, dünnen Mond. Ein Wintermond, wie er in der Schriftrolle abgebildet war.

„Kennst du die Geschichte, die wir zusammen lesen?“, fragte sie neugierig.

„Ja.“

„Erzähl sie mir bitte. Auf kaisarianisch.“

„In einer kalten Winternacht verließ ein einsames, junges Mädchen ihr unglückliches Zuhause und wanderte in den Wald hinein.“ Seine Stimme begann sich seltsam förmlich und feierlich anzuhören, als er fortfuhr. *„Der Wintermond schien durch die Bäume und spiegelte sich in dem Teich, in der Nähe ihres Hauses. Sie sah ein hübsches Gesicht auf der Mondoberfläche und da sie sonst niemanden hatte, mit dem sie reden konnte, begann sie, ihm ihre Geschichte zu erzählen…“*

Er hatte mit dem Teil begonnen, den sie schon gelesen hatten, also erkannte sie den Großteil der Worte, aber als er fort fuhr, tanzten ihr die Worte durch den Kopf und fingen an, ein Muster zu bilden. Ihr Hirn versuchte noch immer, die verschiedenen Teile zusammenzufügen, als sie einschlief.

Boxtar erzählte die Geschichte weiter, auch wenn er wusste, dass Pandora schon eingeschlafen war.

Er hatte die Geschichte in seiner Kindheit sehr oft gehört, aber jetzt hatten die Worte plötzlich eine neue Bedeutung. Es war die Geschichte einer unmöglichen Liebe. Auch wenn er und Pandora nicht tausende von Kilometern voneinander entfernt waren, so schien ihre Zukunft doch genauso unmöglich.

Er wusste, dass er mit ihr reden musste, aber auch wenn sie sehr schnell lernte, rechtfertigte er sich vor sich selbst, indem er sagte, dass sie noch nicht genug Worte kannte, um ihr von seiner durchwachsenen Vergangenheit und seiner unsicheren Zukunft zu erzählen. War er einfach ein Feigling? Er hatte Angst, dass die Wärme in ihren Augen, die sie jetzt immer hatte, wenn sie ihn anschaute, verschwinden würde, wenn er ihr die Wahrheit sagte. Würde sie ihm glauben? Keiner seiner Militärkameraden außer Worvak hatte ihm geglaubt. Seine Familie auch nicht.

Er schlief unruhig, weil ihn die Erinnerungen an das Leben in den unterirdischen Zellen plagten und das Gebrüll der Kämpfer in der Arena. Als er endlich eingeschlafen war, wachte er plötzlich wieder auf, als er eine kleine, weiche Hand an seinem Penis spürte, die ihn sanft streichelte. Er wusste, dass er sie davon abhalten sollte, aber in der schläfrigen Dunkelheit vor der Morgendämmerung fehlte ihm einfach die Willenskraft.

„Pandora", flüsterte er, „Was machst du da?"

„Ich fasse dich an. Ich will dich anfassen." Sie legte ihre Finger zwischen die Erhöhungen, strich an seinem Schwanz auf und ab und fragte: *„Fühlt sich das gut an?"*

Er konnte die passenden Worte nicht finden, um auszudrücken, wie gut es sich anfühlte.

„Menschliche Männer haben diese Erhöhungen nicht. Sie sind glatt und uninteressant."

Sie streichelte erneut seine gesamte Länge entlang und fuhr dann mit ihrem Daumen über die empfindlichen Erhöhungen am Kopf seines Schwanzes. *„Oh mein Gott, sie bewegen sich."*

Alles, was er zustande brachte, war ein ersticktes Stöhnen, als sie ihn weiter erforschte. Niemand hatte ihn jemals dort angefasst, normalerweise lösten und bewegten sich die *Papillae* nur im Körper der Partnerin eines balainischen Mannes. Doch bei ihr reichte die Berührung ihrer Finger schon aus, die sich jetzt mit seinen Papillae verschränkten und fast über der Schmerzgrenze lustvolle Wellen durch seinen ganzen Körper schickten.

„Ich frage mich, wie die sich wohl in mir anfühlen würden."

Ihre Stimme klang verträumt und sie schlängelte ihren Körper an ihn. Er roch den süßen Duft ihrer Lust und das durchdrang den Nebel seiner eigenen benommen Lust genug, um zu merken, dass sie ihn wollte. Seine Hand schlüpfte hinab über den seidenen Stoff und dann darunter auf ihre noch seidigere Haut. Sie rieb sich erneut an ihm, als er sanft zwischen ihre Beine fasste und sie nass und bereit für seine Berührung vorfand. Er glitt mit einem Finger zwischen ihre heißen und nassen Schamlippen und ihr gesamter Körper erschauderte. Sie reagierte so wundervoll auf seine Berührungen.

Ihre Hand schloss sich fester um seinen Schwanz und nur das ferne Bewusstsein in seinem Hinterkopf, dass sie leise bleiben sollten, hielt ihn davon ab, vor Lust laut zu brüllen. Er zwang sich darauf hin, sich zu konzentrieren und fand erst den unfassbar kleinen Eingang ihrer Möse und darüber eine einzelne, kleine knopfartige Papille, die an seinem Finger pochte. Oh ja, das war die Stelle gewesen, die ihr so viel Lust bereitet hatte, als er seinen Penis daran gerieben hatte. Er konzentrierte sich darauf und bewegte seinen Finger vor und zurück, während sie denselben Rhythmus wie er nutzte, um ihn zu streicheln.

Sein Körper spannte sich an, weil der Druck im unteren Teil seiner Wirbelsäule sich aufbaute, aber erst als er ihren fast lautlosen Schrei hörte und fühlte, wie eine noch nassere Hitze seine Finger befeuchtete, kam er schließlich. Sein Körper bebte und zuckte an ihrem, aber er schaffte es irgendwie, nicht laut zu schreien. Er ließ seine Hand, wo sie war auf ihrem heißen Fleisch, bis ihre beiden Körper sich entspannten. Dann zog er sich widerwillig etwas von ihr zurück.

Er hob seine nassen Finger an sein Gesicht und leckte sie ab, gierig auf ihren Geschmack, und er spürte, dass sie an seiner Brust lächelte.

„Das ist wohl eine Art, wie man das wieder sauber machen kann."

Eine hervorragende Idee. Er begann sich ihren Körper hinab zu bewegen, aber als er das tat, hörte er, wie einer der anderen Männer sich bewegte.

„Ein andermal", flüsterte er und zog sanft den seidigen Stoff von ihrem Körper. Er benutzte ihn, um sie beide zu säubern, und es war ihm völlig egal, dass er dabei vermutlich den teuren Stoff ruinierte. Der Wert des Stoffes war gar nichts im Vergleich zu dem wundervollen Gefühl, seine Frau anzufassen. „Warte hier. Ich bringe dir deine Kleider."

Sie nickte und er konnte nicht widerstehen, ihr noch einen kurzen Kuss auf die Lippen zu drücken, bevor er unter der Decke hervor kam. Natürlich war es Gazar gewesen, der schon wach wurde, aber er sagte nichts, als Boxtar Pandoras Kleider von der Feuerstelle, wo sie zum trocknen gewesen waren, holte und sie ihr gab. Er sagte noch nicht einmal etwas, als Boxtar zum Teich ging und den Seidenstoff auswusch, aber sein amüsierter Gesichtsausdruck sagte genug.

Boxtar versuchte ihn wütend anzuschauen, aber er fühlte sich zu zufrieden für Wut. Er entschied sich dafür, ihn ein wenig zu schubsen, so dass er die Balance verlor und lächelte, als der andere Mann fluchte, dann ging er die anderen wecken.

. . .

Pandora lächelte Boxtar dankbar an, als er ihr ihre Kleider brachte. Sie waren über Nacht getrocknet und es tat gut, die Kleider unter der Decke anzuziehen. Sie waren zwar lange nicht so hübsch wie der seidige Stoff, aber sie waren wesentlich wärmer, und ohne Boxtars Körper an ihrer Seite merkte sie, wie kalt es geworden war.

Sie war sicherlich knallrot im Gesicht, als sie sich anzog, aber niemand schien die Tatsache, dass sie sich gerade anzog, sonderlich zu beachten. Sie konnte noch immer kaum glauben, dass sie sich getraut hatte, ihn einfach so anzufassen und auch nicht, wie heftig sie auf seine Berührungen reagiert hatte. Er schien ihren Körper wie ein talentierter Musiker sein Instrument bespielen zu können. Doch dann dachte sie selbstgefällig: *Er hat aber auch ganz schön enthusiastisch darauf reagiert, wie ich ihn angefasst habe.* Vielleicht hatten sie, wenn sie in Almadin angekommen waren, noch mehr Zeit, so dass sie diesen faszinierenden Penis noch weiter erforschen konnte.

Was ist nur los mit mir?

Sie sollte eigentlich nicht über Zeiten im Bett mit Boxtar nachdenken, sondern versuchen herauszufinden, wie sie ihre Freundinnen finden und sie von diesem Planeten weg kriegen konnte. Sie fühlte sich plötzlich sehr schuldig und selbst als sie losgeritten waren, fand sie ihren üblichen Enthusiasmus seine Sprache zu lernen nicht wieder. Nein, nicht seine Sprache, kaisarianisch. Diese Erinnerung daran, dass sie Teil eines galaktischen, riesigen Imperiums waren, deprimierte sie noch mehr.

Der Tag wurde auch nicht besser. Der Himmel verdunkelte sich und war bald düster und grau und ein eisiger Wind quälte sie während des gesamten Ritts. Boxtars großer Körper und sein Umhang schützten sie; er hatte darauf bestanden, dass sie seinen Umhang behielt; doch ihr war den ganzen Tag kalt und elend. Irgendwann war es soweit, dass er Worvak voraus schickte, um eine Lagerstelle zu finden.

Diesmal waren sie nicht auf einer schönen Lichtung an einem Gewässer untergebracht. Sie rasteten diesmal in einem kleinen Hohlweg zwischen zwei großen Felsformationen. Der Boden war hart und trocken, aber zumindest schützten die Felsen sie vor dem Wind und konnten einen Teil der Wärme des Feuers in ihrem Lager halten. Sie blieb an Boxtars Seite gekuschelt, als die anderen Männer alles herrichteten und sich um die Moris kümmerten. Als die Geschäftigen Geräusche aufgehört hatten, schaute sie hoch und merkte, dass alle fünf Männer sie hoffnungsvoll anschauten.

„Was ist?"

Worvak schob den Kochtopf in ihre Richtung und fragte: *„Essen?"*

„Ich denke mal, jetzt ist nicht der Zeitpunkt für eine Lektion was Geschlechterrollen angeht", murmelte sie. Immerhin hatten sie sie nicht gefragt, bevor sie am Vortag freiwillig gekocht hatte. Außerdem hatte sie wirklich keine Lust mehr auf Worvaks ‚Kochkünste'.

„Was für Vorräte habt ihr zur Verfügung?"

Es gab nicht viel mehr als das Trockenfleisch, aber Housen reichte ihr einen kleinen Beutel mit Getreide und Worvak überraschte sie mit einer handvoll von den zwiebelartigen Wurzelgewächsen von ihrer letzten Lagerstätte.

„Mein Gott. Habe ich dich etwa zu Gemüse bekehrt?"

Er schaute sie böse an und sagte: *„Nein."*

„Was, wenn wir die Pflanzen als Würzmittel bezeichnen?"

„Das ist in Ordnung."

Sein Gesichtsausdruck war neutral, aber sie meinte eine Spur amüsiertes Funkeln in seien Augen zu sehen und lachte: „Also, das sind dann jetzt Gewürzpflanzen."

Sie schnitt das Trockenfleisch und die Zwiebelpflanzen klein und gab alles in den Topf. Dann fügte sie das Getreide, Wasser und etwas Salz hinzu. Das Resultat erinnerte zumindest ein bisschen an eine Rindfleischsuppe mit Gerste. Es war nicht eine ihrer besten Kreationen, aber es war heiß, schmeckte okay und machte satt. Keiner der Männer beschwerte sich und sie leerten den Topf komplett.

Nach dem Essen gingen sie alle direkt zu ihren Decken und Worvak ging zum Eingang des Hohlwegs, um seinen üblichen Wachposten zu beziehen. Boxtar holte die Schriftrolle hervor, aber er war offensichtlich nicht wirklich konzentriert und beendete ihre Leselektion verfrüht. Dagegen wehrte sie sich nicht, denn die Kälte stieg ins gesamte Lager und ihr Körper schmerzte vom Reiten. Er wickelte den Umhang um sie und zog sie dann in seine Arme. Dann legte er die Decke über sic beide. Er hielt sie noch fester als gewöhnlich und sie überlegte kurz, ob sie versuchen sollte, seinen Körper noch etwas weiter zu erforschen, aber sie war zu erschöpft. Sie kuschelte sich in die Wärme seines großen Körpers und schlief dann ein.

KAPITEL NEUN

Boxtar hielt die schlafende Pandora in seinen Armen und schaute auf den schmalen Teil des Himmels, den er in der Felslücke sehen konnte. Heute Abend waren keine Sterne zu sehen, nur die bedrohlichen Wolken, die einen verfrühten Wintersturm ankündigten. Er vermutete, dass es in den Bergen bereits schneite, und der Gedanke setzte ihn noch mehr unter Druck, als er sich den ganzen Tag schon gefühlt hatte. Sie mussten so schnell wie möglich nach Sekala zurückkehren, aber was sollte er mit Pandora machen?

Als Gazar gesagt hatte, dass die Insel kein geeigneter Ort für eine verletzliche Frau sei, hatte er definitiv recht gehabt. Sie hatten dort kaum mehr als das Nötigste und keinerlei Luxusgüter und Annehmlichkeiten, wie sie sie verdiente. Doch er konnte sie auch nicht alleine und schutzlos in der Stadt zurück lassen; sie würde fürchterlichen Männern zum Opfer fallen. Die Imperiale Regierung hatte klare Regeln was Sklaverei anging, und es war nicht erlaubt, unschuldige Frauen zu versklaven, aber auf einem abgelegenen Planeten wie hier wurden diese Gesetze nicht gerade gründlich durchgesetzt.

Der Gedanke an die Imperiale Regierung führte sofort dazu, dass er über die Imperiale Flotte nachdachte. Sie hatten einen kleinen Posten auf Maskah, aber auch wenn er ihnen nicht ganz so negativ gegenüber eingestellt war wie der Rest seiner Bande, so wusste er auch, dass ein einziger korrupter Offizier genug war, um den ganzen Standort zu kompromittieren. Außerdem war er in ihren Büchern vermutlich noch immer als ein entkommener Häftling aufgeführt.

Vielleicht gab es noch eine andere Alternative. Er könnte sie mit nach Sekala nehmen, aber dann mit ihr in die Stadt zurückkehren, sobald sie ihre Vorräte hingebracht hatten. Normalerweise blieb er nicht lange in Almadin, um unangenehmen Begegnungen aus dem Weg zu gehen, aber solange sie ein ruhiges Leben führten, sollte es relativ sicher sein. Er hatte genug Guthaben, um eine kleine Wohnung anzumieten; auch wenn er keine zu kleine Wohnung suchen sollte, da er sich sicher war, dass Worvak darauf bestehen würde, bei ihnen zu bleiben.

Er redete sich ein, dass er den Winter in der Stadt nutzen konnte, um ein langfristigeres Zuhause für sie zu suchen, aber der Frühling schien sehr weit weg zu sein.

Je länger er darüber nachdachte, umso besser fand er seinen Plan. Das deprimierte Gefühl, dass er den ganzen Tag über gehabt hatte, löste sich ein wenig und er lächelte und zog Pandora näher an sich. Dann schlief er endlich ein.

Seine gute Laune hielt auch noch am nächsten Morgen an, auch wenn er sie nicht auf so wundervolle Weise wecken konnte, wie sie ihn am Vortag geweckt hatte. Alle waren schon vor Sonnenaufgang wach und in Bewegung, weil sie das unbequeme Lager verlassen wollten.

Weil sie so früh aufbrachen, erreichten sie Almadin schon am frühen Nachmittag. Als sie um die letzte Kurve des Bergpfades bogen, hielt er sein Tier an, damit Pandora über die Stadt schauen konnte.

„Das ist Almadin."

„Schon?"

Neugierig lehnte sie sich nach vorne und er folgte ihrem Blick und versuchte sich daran zu erinnern, wie es gewesen war, als er die Stadt zum ersten Mal erblickt hatte. Er war nicht beeindruckt gewesen, nur wütend und verzweifelt, weil er nichts wie weg aus dem Gebiet wollte, das das Imperium streng überwachte. Er war wütend gewesen, dazu gezwungen zu sein, auf einem so primitiven Planeten zu leben. Inzwischen hatte er es hier besser zu schätzen gelernt und konnte die Stadt und den Planeten etwas neutraler beurteilen.

Die Stadt erstreckte sich der Küste entlang an dem von der Natur eingerichteten Hafen.

Die Gebäude waren eine bunte Mischung an Architekturstilen von Holzhäusern aus lokalen Quellen gefertigt über Steinhäuser und aus fester Erde gefertigten Gebäuden bis zu den Metallgebäuden, die viele der Zugezogenen von anderen Planeten bevorzugten.

Die Straße, auf der sie waren, führte direkt auf die Hauptstraße entlang der Küste und an der Hafenseite waren zahlreiche Tavernen, Bordelle und billige Unterkünfte. Die andere Hauptstraße führte zwar auch die Küste entlang, aber etwas mehr im Stadtinneren im wohlhabenderen Teil der Stadt.

Hinter der Stadt erstreckten sich die weiten Felder und Graslandschaften, die sich erst am Rand des Gebirges in kleine Waldhügel verwandelten.

Der Gebirgspfad schlängelte sich von der Ostküste bis auf die andere Seite des Kontinents und dann auf der anderen Seite des Flachlands entlang.

Die Gebirgsgipfel waren in schweren Wolken versunken und bestätigten seine Vermutung, als er sie betrachtete. Die Berge waren bereits teilweise schneebedeckt und kündigten einen frühen Winter an. Sie mussten sich beeilen.

Bevor er sein Mori wieder antreiben konnte, hatte Pandora seinen Arm gepackt. Ihr Blick war auf ein Raumschiff gerichtet, das durch die Atmosphäre geflogen kam und in Richtung des Raumhafens auf der anderen Seite der Stadt flog.

„Das ist ein Raumschiff.“ Sie schaute hoch zu ihm und sie sah ganz aufgeregt aus und sagte: *„Ich wusste nicht, dass es hier einen Raumflughafen gibt. Glaubst du, das heißt, dass ich einen Weg finden könnte, meine Freundinnen wieder auf die Erde zu bringen?“*

Er wollte ihre Freude nicht dämpfen, aber entschied, dass sie die Wahrheit kennen musste und fragte vorsichtig:

„Hat die Erde *Raumschiffe*? Wie das hier?“

Sie zögerte und sagte: *„Raumschiffe, ja. Aber...“*Sie schaute auf den Teil der Stadt, in den das Schiff aus ihrem Blickfeld verschwunden war und schüttelte dann den Kopf:

„Nicht so. Wir sind bisher nur zu unserem Mond geflogen.“

Scheiße. Sie hatte gerade seine schlimmsten Befürchtungen was ihre Herkunft anging bestätigt. Bevor er entschieden hatte, was er ihr sagen sollte, schien ihn sein Gesichtsausdruck schon verraten zu haben weil sie blass wurde und fragte:

„Das ist ein Problem, oder?“

„Es ist verboten.“

Er wusste, dass sie das Wort aus der Schriftrolle kennen würde und sah, wie sie erst das Wort verstand und dann verzweifelte.

„Aber der Außerirdische, der uns von der Erde entführt hat, er war doch auch da“, argumentierte sie verzweifelt: *„Also muss es einen Weg geben.“*

Wie konnte er ihr erklären, dass die Einzigen, die bereit waren, das Risiko einzugehen, dieselben waren, die hofften, vom Verkauf ihrer Spezies zu profitieren?

„Verboten“, wiederholte er und fügte hinzu: „Nur böse Männer würden hingehen.“

Sie versuchte zwar die Fassung zu behalten, aber er sah, wie ihr Mund zitterte, und es tat ihm im Herz weh. Er wünschte, er hätte eine positivere Antwort für sie. Alles, was er jetzt gerade tun konnte, war sie fest in seinen Armen zu halten und sein Mori dazu anzuhalten, die anderen wieder einzuholen.

Sie sagte gar nichts mehr, bis er anhielt, bevor sie auf die Hauptstraße kamen, um ihr die Kapuze des Umhangs überzuziehen und sie so gut wie möglich zu verbergen.

„Bin ich so anders?“, fragte sie verzweifelt. *„Zu anders, um hierher zu passen?“*

„Zu schön“, sagte er mit Nachdruck und sie lächelte ein bisschen.

Er hatte die Wahrheit gesagt, aber nicht die ganze Wahrheit. Er war tatsächlich besorgt, dass ihre Attraktivität Aufmerksamkeit auf sie ziehen würde, aber dabei ging es nicht nur um ihren Schutz. Er wollte keinerlei Aufmerksamkeit auf ihre kleine Bande lenken wenn sie in die Stadt kamen.

Sie gingen die Küstenstraße entlang und direkt zu der Unterkunft, in der sie normalerweise Zimmer mieteten, wenn sie in der Stadt waren. Der Gastwirt war ein unangenehmer Typ, aber seine Zimmer waren sauber. Er hatte Ställe für die Moris und vor allem war er schweigsam und konnte die Klappe halten was seine Gäste anging. Sie ritten durch das Tor in den Innenhof bei den Ställen und stiegen ab. Kahil führte die Tiere in den Stall und Gazar und Housen gingen mit, um die Waren von den Tieren abzuladen, während Worvak an seiner Seite blieb.

Venday, der Gastwirt, kam heraus geeilt und hatte ein falsches Grinsen auf seinem dünnen Gesicht.

Wie alle Guulli war er groß und dünn und hatte lange, geringelte Locken. Seine Locken hatten einen unangenehmen Grünton und glänzten von dem parfürmierten Öl, das er aufgetragen hatte. Die Farbe stach sich mit seinem violetten Gewand.

„Sei gegrüßt, verehrter Herr. Soll es die übliche Unterkunft sein?"

Darüber hatte er nicht nachgedacht. Normalerweise teilte er ein Zimmer mit Stockbetten mit dem Rest der Truppe, aber auch wenn sie während der gesamten Reise in der Nähe gewesen waren, so wollte er nicht, dass sie im selben Zimmer wie Pandora schliefen.

„Ja, aber zusätzlich hätte ich gerne noch ein privates Zimmer. Das Beste, was du hast".

Vendays Grinsen wurde breiter als er einen wissenden Blick auf Pandoras ummantelte Gestalt warf. Selbst der dunkle Stoff seines Umhangs konnte ihre üppige Figur nicht komplett verbergen.

„Selbstverständlich. Hier entlang." Venday führte sie in die Unterkunft und hielt kurz inne, um einer hageren guullinischen Frau eine harsche Anweisung zu geben: „Bring Erfrischungsgetränke in den Hafenraum. Sofort."

Die Frau nickte und eilte davon, während Venday sie drei Treppenetagen hoch führte in ein Zimmer ganz oben im Gebäude.

„Mein bestes Zimmer", sagte er großspurig. „Es ist ein Zimmer, das für die Daichin geeignet ist, also sollte es groß genug sein."

Das Zimmer hatte eine schöne Größe, mit einfachen Holzmöbeln und einfachen, robusten Stoffen. .

Es war nicht vornehm, aber war genauso sauber wie der Rest der Unterkunft es immer war. Zwei große Fenster führten auf einen kleinen Balkon mit Blick auf den Hafen hinaus.

„Ja, das ist in Ordnung."

„Selbstverständlich wird der Preis ein wenig höher ausfallen, wenn zwei Leute sich das Zimmer teilen."

Venday warf einen gierigen Blick auf Pandoras verhüllte Figur und Boxtar unterdrückte ein Knurren. Wenn er sich besitzergreifend verhielt, dann würde das nur noch mehr Aufmerksamkeit auf sie lenken.

Sie feilschten kurz wegen des Preises hin und her, eher, weil es von ihm erwartet wurde, nicht, weil es ihm wichtig war, wie viel das Zimmer kostete. Als sie sich geeinigt hatten, kam die Bedienstete von unten herein. Sie murmelte etwas Entschuldigendes und stellte ein Tablett mit einer Flasche Wein und etwas Obst und Käse auf den Tisch neben dem Kamin.

„Das geht aufs Haus“, sagte Venday großspurig.

Da ihm trotz des Feilschens völlig klar war, dass Venday einen viel zu hohen Preis für das Zimmer angesetzt hatte, beeindruckte ihn dieses ‚Geschenk‘ nicht besonders, aber er zwang sich zu nicken und zu sagen:

„Vielen Dank. Wir brauchen sonst nichts für den Moment.“

Venday verstand diesen Wink mit dem Zaunpfahl nicht, blieb in der Türe stehen und sagte: „Sehr gern, selbstverständlich. Wenn die Herrschaften oder die Dame noch irgendetwas wünschen, dann...“

Worvak war die gesamte Zeit als stiller Zeuge dabei gewesen und hatte das Zimmer inspiziert, während die anderen zwei Männer sich unterhielten, aber jetzt tauchte er neben Venday auf und sagte grimmig: „Es ist Zeit, dass du gehst.“

Venday schaute hoch zu Worvaks furchteinflößender Gestalt, schluckte und ging dann aus der Tür. Worvak ging hinter ihm her und sagte:

„Ich werde schauen, wie es mit den Vorbereitungen läuft“, bevor er aus dem Zimmer ging.

Seine Lebenserfahrung lehrte Boxtar, die Tür hinter ihnen zuzuschließen, bevor er sich wieder zu Pandora umdrehte. Sie war zum Balkon hinüber gelaufen und schaute hinaus auf die Schiffe im Hafen. Er stellte sich hinter sie und legte seine

Arme um ihre Taille. Er hatte Angst, dass sie ihn vielleicht wegstoßen würde, aber sie seufzte nur und lehnte sich dann nach hinten an ihn.

„Ist alles in Ordnung?", fragte er.

„Ich weiß nicht. Ich habe versucht, mir selbst weis zu machen, dass es einen Weg geben muss, nach Hause zur Erde zurückzukehren, aber ich glaube, in meinem tiefsten Inneren wusste ich schon, dass das nicht passieren würde." Sie drehte sich in seinen Armen zu ihm um und schaute ihn verzweifelt an bevor sie fragte: *„Was soll ich denn jetzt machen?"*

„Bei mir bleiben." Die Worte kamen aus seinem Mund, bevor er darüber nachdenken konnte. Er wusste, dass er hätte dazu sagen sollen, dass er nur von einem Winter sprach, aber er schaffte es nicht, das auszusprechen.

So wie er ihren Gesichtsausdruck deutet, hatte sie sein Angebot verstanden, aber sie stimmte nicht sofort zu. Sie sah eher noch besorgter aus und sagte:

„Aber was ist mit meinen Freundinnen? Du hast gesagt, Olivia würde wahrscheinlich von den Bergen her kommen, oder? Wie lange, glaubst du, wird das brauchen?"

Er zögerte und beugte sich dann über die Balkonbrüstung, um auf die Berge hinter der Stadt zu zeigen und zu sagen: „Es liegt schon Schnee auf den Bergen."

Sie brauchte einen Moment, um zu verstehen was er sagen wollte, dann begannen ihre Lippen zu zittern.

„Du meinst, da ist schon Winter? *Was wird Olivia nur machen?"*

„Der Wachmann ist vom Volk der Daichin. Sie leben in den Bergen."

Ihre lächerlich stumpfen kleinen Zähne schlossen sich über ihre pralle Unterlippe und sie sagte:

„Falls sie dort leben, dann wird Baldric ja wissen, wie er auf sie aufpassen kann. Ich bin mir sicher, dass er das tut. Ich glaube, er mag sie." Sie schien eher mit sich selbst als mit ihm gesprochen zu haben, aber dann schaute sie hoch in sein Gesicht und fragte:

„Wie lang?Wie lange, bis sie nach Almadin kommen können?"

„Nicht bevor der Winter nicht vorbei ist", sagte er so vorsichtig wie möglich, aber sie schien trotzdem fast ohnmächtig zu werden und zu schwanken, als sie fragte:

„Du meinst, ich werde sie bis zum Frühling nicht mehr wiedersehen?" Er sah, dass Tränen in ihren Augen glänzten, aber sie unterdrückte sie genug, dass sie ihr nicht übers Gesicht rollten. Stattdessen schaute sie ihn ernst an und fragte:

„Wie lange, bis die Händlerkarawane hier ankommt?"

Sie waren noch nicht bei Zahlen angekommen in ihren Sprachlektionen, also benutzte er seine Finger um ihr zu zeigen:

„Mindestens sechs Tage. Warum?"

Warum machte sie sich solche Gedanken über die Händler? Hatte sie Angst, dass sie Besitzanspruch auf sie erheben würden?

„Wir werden bereits auf Sekala sein, wenn sie ankommen", versicherte er ihr, aber er konnte sehen, dass sie nicht verstand, was er sagte, also zeigte er auf die Schiffe im Hafen und sagte: „Wir fahren morgen." Wenn die Götter es gut mit ihnen meinten. Vielleicht würde es auch zwei Tage brauchen, bis sie alles verkauft und Vorräte besorgt hatten, aber er wollte nicht, dass sie sich Sorgen machte. Doch statt erleichtert auszusehen, schien sie schockiert zu sein.

„Du willst, dass ich auf ein Schiff gehe? Wir – Ich kann nicht gehen, bevor die Händlerkarawane ankommt."

„Warum –"

Zwei dumpfe Töne erklangen an der Tür, bevor er seine Frage zu Ende bringen konnte und er erkannte Worvaks entschlossenes Klopfen. „Ich muss gehen."

„Du kannst jetzt nicht gehen. Wir müssen reden."

„Später", versprach er ihr.

Er hasste es, sie in ihrem emotionalen Zustand zurückzulassen, aber je schneller er sich um seine Geschäfte kümmern konnte, umso schneller konnte er sie beruhigen und ihr die Angst nehmen.

„Ich werde die Tür abschließen", sagte er. „Zu deiner Sicherheit."

Sie schien ihn erst zu verstehen, als er den Schlüssel hervor zog, und sie riss erschrocken die Augen auf und sagte:

„Nein! Du kannst mich hier nicht einsperren."

Ihm gefiel es auch nicht, aber er vertraute Venday, der gierige Blicke auf Pandora geworfen hatte, kein Stück.

„Es ist zu deiner Sicherheit", wiederholte er, ging hinaus und schloss die Tür hinter sich ab.

Er hörte, wie sie wütend aufschrie und wollte unbedingt zu ihr zurückkehren, aber es gab noch andere Leute, die sich auf ihn verließen. Er zögerte trotzdem und schaute Worvak fragend an mit den Worten: „Vielleicht könnte sie mitkommen?“

„Du weißt, dass das keine gute Idee ist. Wenn wir gezwungen sind, sie zu beschützen, dann lenken wir Aufmerksamkeit auf uns und auf sie.“

Da er jetzt nichts mehr aus dem Zimmer hören konnte, seufzte er und nickte ergeben mit den Worten: „Vermutlich hast du recht. Dann lass uns die Sache hinter uns bringen.“

KAPITEL ZEHN

Sobald Boxtar gegangen war, war Pandora zu den Fenstertüren, die auf den Balkon führten, geeilt, aber der kleine Balkon bot ihr keinen einfachen Weg, auf die Straße nach unten zu fliehen. Vielleicht wäre eine mutigere Frau als sie einfach über die Brüstung geklettert und hätte versucht nach unten zu kommen, zum Beispiel ihre Freundin Olivia hätte es zumindest versucht; aber sie war keine solche Frau. Sie schloss die Fenster und fing im Zimmer auf und ab zu laufen, während sie darüber nachdachte, was sie am besten unternehmen sollte.

Wie konnte er mir das antun?

Sie hatte gerade angefangen zuzulassen, dass sie ihm vertraute, und jetzt hatte er sie eingesperrt. Sie hatte zwar gut genug verstanden, was er gesagt hatte, um zu wissen, dass er glaubte, sie damit zu beschützen, aber er hätte ihr auch einfach den Schlüssel geben und sagen können, dass sie von innen zuschließen sollte. Außerdem hatte er nicht einmal gewartet, zu erfahren, warum sie Almadin noch nicht verlassen konnte, obwohl sie endlich den Entschluss gefasst hatte, ihm von Quinn zu erzählen.

Was jetzt? Sie hatte keinerlei Illusionen darüber, dass sie sich wehren könnte, wenn er sie einfach an Bord eines Schiffs tragen wollte, wenn er entschied, dass dies das Beste war. Unter anderen Umständen hätte sie es vermutlich schön gefunden, mit ihm davon zu segeln, aber sie konnte Quinn nicht ihrem Schicksal mit den Kaufleuten überlassen. Sie glaubte zwar noch immer nicht, dass Boxtar die Absicht hatte, ihr zu schaden, aber sie wusste auch nicht, ob er bereit war, auf sie und ihre Wünsche zu hören. Vor allem, weil er sie ja auch einfach von der Karawane der Händler mitgenommen hatte.

Hmm. Das hatte sie noch gar nicht bedacht. Was, wenn Zargan ihn als einen Dieb anzeigte? Egal wie wütend sie gerade war, sie wollte auch nicht, dass er ins Gefängnis musste. Sie seufzte und setzte sich hin, um zu versuchen, ihre Gedanken logisch zu ordnen.

Selbst wenn sie aus dem Zimmer fliehen könnte, so bildete sie sich nicht ein, dass sie hier in Almadin gut für sich selbst sorgen könnte. *Außer es gibt jemanden, der nach einer Bibliothekarin sucht, die die Sprache kaum spricht*, dachte sie verbittert. Sie schien zwar eine Fähigkeit zu haben, die sie auch hier nutzen könnte: Kochen. Vielleicht war das genug, um für sie und Quinn zu sorgen, falls sie es schaffte, ihre Freundin aus den Klauen der Händler zu befreien.

Für den Teil brauchte sie auf jeden Fall Hilfe und sie dachte über ihren ursprünglichen Plan mit den Gesetzeshütern nach, die sie aufsuchen wollte. Könnte sie vielleicht zuerst eine Abschrift der Gesetze finden? Kannte sie schon genug Worte, um herauszufinden, wie man hier mit gestohlenen Frauen umging? Vielleicht gab es eine Bibliothek hier oder eine Art

Rathaus. Soweit sie sich erinnerte gab es eine Straße in der Mitte der Stadt, entlang der die größten Gebäude waren, die bestimmt zumindest zum Teil Verwaltungsgebäude waren. Wenn sie es aus dem Zimmer schaffte, wäre das ihre erste Anlaufstelle.

Sie dachte vorhin, dass sie sich besser fühlen würde, wenn sie erst mal einen Plan hatte, aber dem war nicht so.

Ich will nicht weg von Boxtar.

Sie wollte die Schriftrolle weiter lesen mit ihm und in seinen Armen schlafen und mehr darüber herausfinden, wie sie sich fühlte wenn er bei ihr war und wie er sich durch sie fühlte. Tränen stiegen in ihr auf, aber sie blinzelte sie wieder weg.

Wenn sie sich nur sicher sein könnte, dass er auf sie hören und warten würde, bis Quinn in der Stadt ankam; doch da konnte sie sich nicht sicher sein. Und sie konnte auch ihre Freundin nicht im Stich lassen, wenn sie dann als Sklavin verkauft werden würde. Sie hatte keine Wahl.

Sie seufzte und entschied sich zu versuchen, das Türschloss zu knacken. Sie hatte einmal ein Buch gelesen, in dem detailliert beschrieben war, wie das ging, und es war ihr eigentlich recht einfach vorgekommen. Leider war die Durchführung etwas schwieriger, als das im Buch geklungen hatte, und sie unternahm viele Versuche, bis sie irgendwann ein leises Klopfen hörte und ein zartes Stimmchen fragte:

„Gnädige Dame? Ist alles in Ordnung bei ihnen?"

Sie meinte die Stimme des Dienstmädchens zu erkennen, die ihnen das Tablett nach oben gebracht hatte, aber eigentlich war es egal, wer es war, wenn ihr die Person helfen konnte zu entkommen.

„Nein. Nicht Sicherheit. Helfen?"

Sie hielt den Atem an und hoffte, dass sie die Worte richtig benutzt hatte. Sie hörte ein leises Klicken, dann öffnete sich die Tür einen Spalt und das besorgte Gesicht der jungen Frau tauchte in der Öffnung auf.

„Komm rein", sagte sie schnell und zog die Frau ins Zimmer. „Ich bin Pandora. Wie heißt du?"

„Ich bin Dara", sagte das Mädchen schüchtern.

„Kannst du mir helfen, hier raus zu kommen?"

Dara zögerte, aber nickte dann.

„Gott sei Dank. Warte mal, hast du verstanden, was ich gesagt habe?"

Das Mädchen nickte und fasste sich ans Ohr. Sie erinnerte sich, dass Boxtar dasselbe getan hatte, als ihm klar geworden war, dass sie ihn nicht verstand.

„Hast du eine Art Übersetzer?", fragte sie langsam.

„Ja. Nicht gut", sagte Dara und lächelte entschuldigend.

„Das ist besser als nichts." Sie blickte zu den Fenstern hinüber und fragte sich, wie lange es wohl noch dauern würde, bis Boxtar und Worvak zurück kamen. Es war bestimmt nicht so einfach, gestohlene Ware zu verkaufen. Vielleicht konnte sie die Zeit nutzen und Antworten auf einige der Fragen kriegen, die sie beschäftigen.

„Gibt es Sklaven in Almadin?"

Dara zuckte zusammen und sagte: *„Ja."*

„Bist du eine Sklavin", fragte sie vorsichtig.

Das Mädchen schüttelte den Kopf und schien auf der Suche nach den richtigen Worten zu sein: *„Arbeiten kurze Zeit. Für Geld."*

„Du meinst in einer Art Vertrag? Das ist wohl eine Alternative." Sie zögerte und fragte dann gerade heraus: „Könnte jemand dich einfach von der Straße stehlen und dich verkaufen? Dich eine Sklavin machen?"

„Verboten. Aber..."

„Es könnte aber passieren? Das stimmt sogar zu Hause auf der Erde." Wenn es aber verboten war, dann musste es auch eine Autorität geben, die diese Regel aufgestellt hatte.

„Wer regiert die Stadt?"

Dara fing an zu reden, aber sie sprach so schnell, dass Pandora nur ein paar wenige Worte aufschnappen konnte. Sie war sich ziemlich sicher, dass sie das Wort *Kaisar* und das Wort *verboten* gehört hatte.

„Lass es mich nochmal versuchen: Gibt es jemandem, bei dem ich etwas anzeigen kann? Jemand dem ich sagen kann, dass jemand gestohlen wurde?"

Dara sagte etwas, was sie nicht verstehen konnte und zuckte dann mit den Schultern, bevor sie sagte: *„Lord Stalan."*

Sie erkannte das Wort *Lord* aus der Geschichte und sah Dara freudig an.

„Du meinst es gibt einen Lord, der die Stadt regiert?"

„Ja." Dara schien sich nicht ganz sicher zu sein, aber das war gut genug.

„Könnte ich gehen, um ihn zu sehen?"

Das Mädchen sah jetzt noch verunsicherter aus, aber nickte schließlich.

„Hervorragend." Nachdem sie bei diesem Lord Anzeige erstattet hatte und von der Karawane berichten würde, die mit Quinn ankommen würde, könnte sie zurück kommen und nochmal versuchen, mit Boxtar zu sprechen. Hoffentlich würde er ihr diesmal zuhören und ihr helfen, aber zumindest hatte sie dann schon einen Plan, falls er ihr nicht helfen konnte. „Kannst du mir sagen, wie ich dort hin komme?"

Dara nickte erneut und zeigte dann auf Pandoras Kleider, schüttelte den Kopf und sagte: *„Nicht gut."*

Sie schaute an sich hinab und seufzte. „Ich weiß. Ein rot karierter Schlafanzug ist vielleicht etwas auffällig hier. Aber ich habe nichts anderes."

„Warte."

Bevor sie etwas sagen konnte, war die junge Frau davon geeilt. Sie hoffte nur, dass Dara nicht glaubte, dass Pandora in irgendwelche Kleider von Dara passen würde. Sie kam aber kurz darauf mit einer überraschend großen Auswahl an Kleidern zurück. Sie fanden eine weite, flatternde Hose aus einem blauen und rauen Leinenstoff, die ihr relativ gut passte. Die dazu passende Tunika als Oberteil war etwas eng an ihrer Brust, aber sie passte immerhin hinein.

„Woher kommt all das?" , fragte sie, als sie sich im Spiegel betrachtete. Das sah definitiv besser aus als ihr Schlafanzug.

Dara schaute entschuldigend und versuchte zu erklären. Pandora verstand genug um zu verstehen, dass das wohl Kleider waren, die Gäste der Unterkunft vergessen hatten.

„Das macht mir nichts“, sagte sie beruhigend zu der jungen Frau und zog den Umhang von Boxtar über ihr neues Outfit.

Dara führte sie leise nach unten und dann durch eine enge Gasse hinaus auf die Hauptstraße. Dara wiederholte noch einmal die Wegbeschreibung und schaute sie ganz verunsichert an, bevor sie noch einmal fragte:

„Bist sicher?“

„Ich bin mir sicher.“ Hoffentlich klang ihre Stimme etwas selbstbewusster, als sie sich fühlte.

Dara drückte ihre Hand und verschwand dann wieder in der Gasse.

Boxtar war zufrieden, als er die Straße entlang schritt. Der Verkauf der gestohlenen Waren war profitabel gewesen. Zwar nicht so profitabel, wie es gewesen wäre, wenn es kein Diebesgut gewesen wäre, aber genug, um alle Vorräte zu kaufen, die sie brauchten und um noch Geld übrig zu haben, jedem seiner Bandenmitglieder etwas auszubezahlen.

Er hatte die anderen zum Einkaufen losgeschickt und organisiert, dass alles direkt aufs Schiff geladen werden konnte. Dann tat er das Letzte, was er eigentlich tun wollte: Er ging zum Büro der Flotte.

„Was hast du vor?“, verlangte Worvak zu wissen und tauchte an seiner Seite auf.

„Ich gehe zur Flotte. Sie müssen wissen, dass es auf diesem Planeten illegale Sklaven gibt. Ich habe mich umgehört und Kommandant Trogar scheint ein ehrenhafter Mann mit einem guten Ruf zu sein.

„Das kannst du nicht machen. Du stehst in ihren Büchern als ein geflohener Häftling und keiner von uns würde einer genaueren Inspektion der Flotte gut stand halten.“

„Das weiß ich“, sagte er und lief trotzdem weiter. „Du solltest nicht mitkommen. Falls etwas schief läuft, wird kein Verdacht auf dich fallen.“

Er hielt plötzlich an und schaute seinen Freund direkt an, bevor er sagte:

„Falls mir irgendetwas zustößt, wirst du für Pandora sorgen, oder?“

„Ich habe keinerlei Verlangen danach, für eine Frau zu sorgen“, knurrte Worvak.

„Das weiß ich, aber sie ist meine Partnerin. Versprichst du es mir?“

Worvak sah ihn wütend an und jeden anderen Mann hätte dieser Anblick sicherlich eingeschüchtert. Irgendwann nickte Worvak aber widerwillig und sagte:

„Meinetwegen. Ich werde dafür sorgen, dass sie versorgt ist –“

„Danke.“ Ihm fiel ein Stein vom Herzen. Er vertraute Worvak mehr als jedem anderen Mann im Universum.

„– aber vielleicht werde ich das nicht persönlich tun können. Ich werde nämlich mit dir mitkommen.“ Boxtar begann sich zu wehren, aber Worvak sah nur noch wütender aus und sagte: „Ich habe dich einmal im Stich gelassen und versagt. Das wird nicht noch einmal passieren.“

„Du hast mich nicht im Stich gelassen und versagt“, sagte er ganz automatisch, auch wenn er wusste, dass Worvak ihm nicht glauben würde.

„Sehr wohl. Ich hätte niemals von deiner Seite weichen sollen."

„Du hattest andere Pflichten zu erfüllen."

„Diesmal habe ich das nicht und ich habe keinerlei Verlangen danach, noch eine Flucht zu planen", fügte Worvak mit einer Prise Humor und einem Funkeln in den Augen hinzu. „Ich bin zu alt für solche Späße."

„Du bist nur zehn Jahre älter als ich." Sie gingen weiter und Boxtar unternahm nichts mehr, um Worvak davon abzuhalten, mitzukommen.

„Das stimmt zwar, aber du wirst ja auch langsam alt."

Da hatte Worvak wohl recht, und zwar nicht nur was sein körperliches Alter anging. Er hatte sich von einem idealistischen Krieger in einen verbitterten Häftling verwandelt und dann war er zum widerwilligen Anführer einer Bande an Außenseitern geworden. Bis zu dieser Reise hatte er nie viel darüber nachgedacht, aber jetzt wurde ihm klar, wie sehr er die Schnauze voll hatte von diesem Leben, das ihm aufgezwungen worden war.

„Ich will das alles so nicht mehr weiter machen", gestand er, als sie sich dem Raumhafen näherten. „Ich will ein Zuhause, vielleicht sogar eine Familie."

„Eine Partnerin zu finden ändert die Prioritäten in deinem Leben", sagte Worvak zustimmend. Er schien nicht überrascht zu sein darüber, was Boxtar gesagt hatte.

„Aber die Leute auf Sekala brauchen uns."

„Da stimme ich dir zu." Worvak nickte nachdenklich und sagte: „Darüber muss ich nachdenken."

Als sie das Büro der Flotte erreichten, unternahm Boxtar noch einen letzten Versuch, Worvak davon zu überzeugen, nicht mit ins Gebäude zu kommen, aber sein Freund starrte ihn einfach nur ausdruckslos an und weigerte sich zu gehen. Boxtar seufzte und wehrte sich nicht, als Worvak hinter ihm her ins Gebäude trat.

Ein älterer kaisarianischer Offizier saß hinter einem Schreibtisch und gab etwas in sein Datengerät ein.

Selbst sitzend schien er eine militärisch aufrecht Haltung zu haben und er schaute auch nicht sofort von seiner Arbeit auf, obwohl er natürlich gemerkt hatte, dass sie herein gekommen waren. Er wartete lang genug, um klar zu machen, dass er das Sagen hatte, dann schaute er sie stirnrunzelnd an und fragte sie mit unfreundlichem Tonfall und Gesichtsausdruck: „Ja bitte?"

„Ich würde gerne mit Kommandant Trogar sprechen." Boxtar ärgerte sich, als er merkte, dass er wie automatisch selbst eine militärische Haltung eingenommen hatte und auch in militärischem Tonfall sprach.

Der Offizier betrachtete ihn nicht sonderlich beeindruckt von der Aussage und fragte: „Warum?"

„Ich möchte illegale Aktivitäten melden."

„Dann schieß los und erzähle mir davon."

Nein. Er würde diesem arroganten Typ keinesfalls Informationen anvertrauen, die seine Frau oder ihre andere Freundin betrafen.

„Meine Informationen sind nur für den kommandierenden Offizier bestimmt."

Der Mann schaute noch finsterer drein und sagte dann: „Er ist nicht zu sprechen."

„ Gilt das Gesetz des freien Zugangs nicht mehr?"

Die offiziellen Bediensteten der Flotte, die auf diesen abgelegenen Planeten waren, waren angehalten, für die Mitglieder der lokalen Gemeinden ansprechbar zu sein.

„Doch", gab der Mann widerwillig zu. „Aber die letzte Sitzung war vor zwei Tagen. Die nächste wird erst zum Abschluss der Erntefestivitäten stattfinden. Dann kannst du einen Termin beantragen."

Scheiße. So lange konnte er nicht warten. Er musste die Vorräte zurück nach Sekala bringen, bevor es unmöglich wurde, den Ozean zu überqueren.

„Und ich kann nicht vorher mit ihm sprechen?"

„Kommandant Trogar ist ein viel beschäftigter Mann." Der Offizier sah ihn nochmal abwertend an und Boxtar knurrte. Der Offizier sah plötzlich angespannt aus und eine seiner Hände verschwand unter dem Tisch. „Du hast deine Antwort. Es ist jetzt Zeit für dich zu gehen."

Boxtar war wütend über die geringschätzige Art des Mannes und ging einen Schritt auf ihn zu, aber Worvaks Hand packte seinen Arm und sein Freund sagte knurrend:

„Wir werden wieder kommen" und zog Boxtar aus der Tür und weg von dem Bürogebäude.

„Warum hast du das gemacht?", wollte Boxtar wissen, als sein Freund ihn endlich wieder los ließ.

„Weil er entweder gleich auf dich geschossen oder Verstärkung gerufen hätte. Nichts davon wäre gut für dich oder deine Frau gewesen.“

Boxtar seufzte und zwang sich, die Wut langsam verklingen zu lassen.

„Du hast recht.“

„Ich hoffe nur, dass er uns nicht interessant genug fand, um Untersuchungen anzustellen. Wir müssen so bald wie möglich aufbrechen.“

„Da hast du wohl auch recht, aber Pandora wird darüber nicht gerade glücklich sein.“

„Vielleicht solltest du mit einem Geschenk zu ihr zurückkehren“, schlug Worvak vor.

Er dachte darüber nach. Er glaubte nicht, dass Pandora sich von materiellen Gütern würde umstimmen lassen, aber vielleicht würde es die Lage trotzdem ein wenig besser machen für sie. Ihm fiel plötzlich auch ein, über was sie sich am meisten freuen würde. Er grinste Worvak an und sagte:

„Das ist keine schlechte Idee. Wir müssen einkaufen gehen.“

Sein Freund sah ihn missmutig an und trat zurück mit den Worten:

„Das war vielleicht ein zu vorschnelles Urteil. Vielleicht solltest du sie doch lieber mit deinen sexuellen Fähigkeiten beeindrucken.“

Boxtar lachte und sagte: „Wir gehen Shoppen, mein Freund.“

Worvak fluchte leise, aber ging weiterhin neben ihm her in Richtung der Läden.

KAPITEL ELF

Pandora atmete tief ein, kontrollierte nochmal, ob der Umhang gut fest gemacht und die Kapuze über ihren Kopf gezogen war und trat hinaus auf die große Straße.

Sich auf einem Mori durch die hektische Küstenstraße zu bewegen war etwas ganz anderes als alleine die Straße entlang zu gehen. Sie wäre fast von einem Mann überfahren worden, der einen Wagen mit Fässern vor sich her schob, und dann konnte sie nur knapp einem Eimer Fischinnereien ausweichen, den jemand auf dem Weg auskippte. Sie lernte schnell ihre Umgebung aufmerksam im Blick zu behalten.

Unter anderen Umständen hätte sie all das hier sehr faszinierend gefunden. Nicht nur wegen der vielen unterschiedlichen Außerirdischen auf der Straße, sondern auch wegen der kuriosen Mischung an primitiver Lebensweise und fortgeschrittenster moderner Technologie.

Man hätte Almadin fast als mittelalterliche Stadt auf der Erde bezeichnen können, aber dann kam sie an einem Laden vorbei, der eine elegante Metallfassade hatte, oder sie sah ein Mädchen auf einem Gefährt an sich vorbeischießen, dass wohl eine Art Hoverboard war.

Zusätzlich zu den Aktivitäten auf der Straße, von denen sie ausging, dass es der ganz alltägliche Wahnsinn war, wurde hier auch ganz offensichtlich eine Veranstaltung vorbereitet. Farbige Girlanden wurden zwischen den Gebäuden aufgehängt, und als sie die Hafengegend verließ und sich in den eher wohlhabenderen Teil der Stadt bewegte, sah sie, dass hier aufwändiger Blumenschmuck angebracht wurde und jede Menge Waren angeliefert wurden. Sie erinnerte sich daran, dass sie zu Olivia gesagt hatte, dass sie möglicherweise zu einer Art Herbst- oder Erntemarkt unterwegs waren, und scheinbar hatte sie recht gehabt.

Der Gedanke an ihre Freundin machte sie schwermütig und sie spürte Tränen in sich aufsteigen, aber sie versuchte sich selbst davon zu überzeugen, dass sie bei Baldric in Sicherheit war. Boxtar hatte ihr gesagt, dass der Wachmann aus diesen Bergen stammte, also wusste er bestimmt, wie man dort überleben konnte. Dann runzelte sie plötzlich die Stirn und fragte sich, wie Boxtar überhaupt gewusst hatte, dass es Baldric gab. Baldric war hinter Olivia her in den Fluss gesprungen, lange bevor sie an der Lagerstätte angekommen waren, wo Boxtar und seine Männer die Karawane ausgeraubt hatten.

Wie hatte er das wissen können? Außer natürlich, er hatte sie schon seit einiger Zeit beobachtet. Ihr fiel wieder ein, dass die Brücke beschädigt gewesen war und lächelte widerwillig. *Natürlich.* Er und die anderen hatten bestimmt die Brücke absichtlich beschädigt, damit die Karawane in ihre Falle lief. Sie bewunderte seine Genialität, auch wenn es illegal war, was er getan hatte.

Der Gedanke an illegale Aktivitäten erinnerte sie an ihre eigene Mission und sie beeilte sich und versuchte, sich nicht von Gedanken an Boxtar ablenken zu lassen.

Die Straße, die den Hafen entlang führte, kreuzte die andere Hauptstraße auf einem zentralen Marktplatz und Dara hatte ihr gesagt, dass sie auf der anderen Seite des Marktes die gegenüberliegende Straße weitergehen sollte. Auf dem Markt ging es wild zu, weil überall Stände aufgebaut und Dekorationen angebracht wurden. Sie versuchte, allen Leuten aus dem Weg zu gehen, aber als sie einer Ladung Schnittholz auswich, lief sie in einen sehr großen und harten Körper hinein.

„Uuff."

Eine Hand griff nach ihr, um sie zu stabilisieren und sie schaute hoch, sehr weit hoch in das Gesicht eines Außerirdischen, der genau wie Balric wie ein Ork aussah. Wie hatte Boxtar sie genannt? Das Volk der Daichin? Sein Gesicht sah so neutral aus, wie das von Baldric ausgesehen hatte, aber nachdem er sie einen Moment lang betrachtet hatte, griff er zu ihrem Kopf und zog vorsichtig an einer ihrer Haarsträhnen. Scheiße, ihre Kapuze war abgefallen. Sie zog sie wieder auf und versuchte rückwärts zu gehen, aber der Mann ließ nicht von ihr ab. Er tat ihr zwar nicht weh, aber sie konnte ihm nicht entkommen, wenn er nicht entschied, sie gehen zu lassen.

„Ich habe Reise", sagte sie auf kaisarianisch und hoffte, er würde sie verstehen. Er antwortete nicht gleich und ihr Mut verließ sie.

„Sicher?", fragte er sie schließlich mit tiefer und grollender Stimme.

„Ja, ich bin in Sicherheit. Ich muss nur zu Lord Stalan gehen und mit ihm sprechen."

Sie hatte gehofft, dass die Erwähnung des Namens des mächtigen Mannes ihm versichern würde, dass er sie gehen lassen konnte, aber wenn überhaupt, sah er noch besorgter aus. Er schüttelte den Kopf, aber erleichtert merkte sie, dass er ihren Arm los ließ und zurück trat.

„Danke“, sagte sie schnell und beeilte sich davon, bevor er seine Meinung nochmal ändern konnte.

Die Tatsache, dass er schon die zweite Person war, die annahm, dass sie in Schwierigkeiten war, war nicht gerade ermutigend, aber sie war entschlossen, ihren Plan durchzuführen. Als sie endlich die andere Seite des Marktplatzes erreicht hatte, wurde es wesentlich ruhiger und es war leichter, dem Verkehr aus dem Weg zu gehen.

Das Herrenhaus von Lord Stalan war nur ein kleines Stück weiter die Straße entlang und sie erkannte es sofort aus Daras Beschreibung. Das wuchtige Gebäude hatte eine dicke mit Stuckarbeiten verzierte Front, die früher wohl eine einfache Gebäudefassade gewesen war. Jetzt war fast jeder Zentimeter bedeckt mit Verzierungen aller Art. Sie sah alles von Mosaiken, die aus Muscheln gefertigt waren, über spiegelnde Metallfliesen bis hin zu geschnitzten und gemalten Symbolen das Gebäude verzieren. Sie vermutete, dass diese Verzierung den Betrachter beeindrucken sollte, aber es war so überladen, dass es für sie eher skurril wirkte.

Niemand versuchte sie aufzuhalten, als sie durch einen aufwändigen Hofeingang trat, der bereits für die Festivitäten geschmückt war. Sie ging auf die riesige Eingangstür zu. Die Tür stand offen und drinnen sah sie viele Leute umherwirbeln und Dekorationen anbringen. Sie ging hinein und hatte eigentlich erwartet, dass jemand sie fragen würde, was sie hier wollte, aber alle waren viel zu beschäftigt, um sie zu beachten.

Nachdem sie ein paar Minuten vergeblich darauf gewartet hatte, dass jemand von ihr Notiz nehmen würde, zuckte sie mit den Schultern und ging einen breiten Gang entlang. Sie schaute in die Räume, an denen sie vorbei kam. Die meisten waren leer oder voller Bediensteter, die Dekorationen anbrachten. Als sie schließlich bei der letzten Tür angekommen war, die die am meisten verzierte Tür war, die sie bisher gesehen hatte, vermutete sie, dass sie an ihrem Zielort angekommen war.

Sie klopfte leise und hörte einen Befehlsschrei, einzutreten.

*„Ja, ja. Was gibt es?“*fragte eine ungeduldige Stimme, als sie in den Raum trat.

Kurz war sie zu überrascht, um zu antworten. Wie der Eingang vor dem Gebäude war hier jeder Zentimeter dekoriert und geschmückt und alles glänzte und glitzerte und die letzten Sonnenstrahlen des Tages, die durch die großen Fenster herein fielen, wurden an vielen Stellen gespiegelt. Es fühlte sich an, als wäre sie inmitten einer Diskokugel gelandet.

„Ich habe gefragt, was es gibt?“

Sie zuckte zusammen ob dieser Frage und wandte sich in Richtung des Mannes um, der hinter dem riesigen Schreibtisch saß. Er war vom Volk der Guulli, aber im Gegensatz zu jeder anderen guullinischen Person, die sie bisher gesehen hatte, war er unfassbar dick. Er hatte ein rundes Gesicht und kleine Augen die glänzten als er sie betrachtet. Sie fragte:

„Sind sie Lord Stalan?“

„Natürlich bin ich das. Jetzt sag mir, warum du hier bist. Bist du die Essensperson?“

Sie hatte genug verstanden, um den Kopf schütteln zu können und sich selbst dabei aus ihrer Benommenheit zu holen und zu sagen: „Nein. Ich bin hier, um einen Fall illegaler Sklaverei anzuzeigen."

Ein Ausdruck, den sie nicht deuten konnte huschte über sein Gesicht, dann lehnte er sich nach hinten in seinen Stuhl und sagte:

„Tatsächlich? Erzähl mir davon."

Sie hoffte, dass er einen Übersetzer hatte und begann ihre Geschichte zu erzählen. Sie ließ so viel sie konnte weg und konzentrierte sich auf den Teil mit der Karawane und Quinn. Er nickte nachdenklich, während sie redete, aber er stellte keine Fragen, bis sie fertig erzählt hatte.

„Wer bist du?", wollte er wissen.

„Niemand. Nur eine besorgte Bürgerin."

Seine Augen verengten sich noch mehr und er sagte: *„Zieh den Umhang aus."*

Das würde sie sicherlich nicht tun, aber sie schob sich widerwillig die Kapze vom Kopf. Er schien nicht überrascht von ihrem Anblick zu sein, aber sagte:

„Du stammst nicht von Maskah."

„Nein. Ich besuche die Stadt mit meinen....Partner."

Sie hatte dieses Wort gewählt, damit er nicht dachte, dass sie alleine unterwegs war, aber es klang irgendwie auch richtig, als sie es sagte.

„So so." Er betrachtete sie noch einen Moment und nickte

dann und sagte: *„Vielen Dank, dass du diese Angelegenheit zu mir gebracht hast."*

„Sie werden also helfen?", fragte sie ängstlich.

„Die Karawane wird am Stadtrand von meinen Männern begrüßt werden."

Erleichtert seufzte sie auf und sie sagte: „Dankeschön."

„Das ist doch mein Job."

Die kleinen Knopfaugen betrachteten sie schon wieder und plötzlich wollte sie schnell verschwinden von hier. Sie ging zur Tür und sagte: „Vielen Dank nochmal."

„Brauchst du eine Begleitung?"

„Nein, danke. Mein Partner wartet auf mich."

Er sah zwar nicht aus, als ob er ihr glaubte, aber nickte, als sie aus der Tür ging, und sie schloss die Tür mit einem erleichterten Seufzen hinter sich. Das war besser gelaufen, als sie erwartet hatte.

Auch wenn sie Lord Stalan sehr unangenehm fand, so hatte er versprochen zu helfen. Sie hoffte trotzdem, dass auch Boxtar auf sie hören würde, wenn sie zurück in die Unterkunft kam und dass sie die Hilfe von Lord Stalan vielleicht gar nicht brauchten.

Obwohl sie nicht lange im Gebäude gewesen war, war inzwischen vor dem exzentrisch verzierten Gebäude wesentlich mehr los als eben, und sie zögerte kurz, weil es ihr zuwider war, sich in das wilde Treiben zu stürzen.

Den schwierigsten Teil habe ich geschafft, sagte sie sich selbst.

Ich habe es bis hierher geschafft. Jetzt muss ich nur noch zurück zur Unterkunft gehen.

Sie atmete nochmal tief ein und trat dann auf die Straße. Sie musste vielen Leuten aus dem Weg gehen. Die Sonne stand inzwischen tief und verschiedene Beleuchtungen und Lampen gingen nach und nach an: Alles von Neonlichtern bis hin zu Fackeln mit echten Flammen. Doch diese Lichter ließen die stärker werdende Dunkelheit noch wesentlich bedrohlicher wirken.

Auf dem Marktplatz ging es noch wesentlich chaotischer als vorhin zu. Ein paar der Stände hatten geöffnet und verkauften verschiedenes Essen und Trinken, von dem sie annahm, dass es diverse alkoholische Getränke waren.

Wenn sie Boxtar an ihrer Seite gehabt hätte, dann hätte sie es genossen, sich die verschiedenen Stände und Angebote in Ruhe anzuschauen, aber jetzt wollte sie nichts anderes als einfach nur zurück zu ihm.

Sie versuchte um die Stände herum zu gehen, aber überall waren Leute. Sie fragte sich, wo wohl der daichinische Mann von vorhin war. Jetzt hätte sie seine Hilfe brauchen können. Als eine große Hand ihren Arm ergriff, drehte sie sich lächelnd um und erwartete das Gesicht von vorhin zu sehen. Stattdessen stand da ein fremder Außerirdischer. Ein großer Mann mit einem kahlen, schrägen Kopf, der auf breiten Schultern saß. Seine graue Haut hatte einen unangenehmen Grünton und sie erschauderte. Er grinste sie ekelhaft an und ein zweiter Mann packte ihren anderen Arm.

„*Mitkommen*“, befahl er.

„Nein, danke. Ich muss zu meinem Partner zurück. Er ist da drüben.“

Sie winkte in Richtung der großen Ansammlung an Leuten und versuchte verzweifelt ein freundliches Gesicht, das ihr helfen könnte zu finden, aber der Mann packte sie nur noch fester.

„*Komm mit uns*", wiederholte er und beugte sich dann mit finsterem Blick zu ihr hinab und sagte: „*Wenn du dich nicht wehrst, dann werden wir dir nicht weh tun. Zumindest nicht so sehr.*"

KAPITEL ZWÖLF

Beladen mit diversen Boxen und Taschen beeilte sich Boxtar die Treppen hoch zu ihrem Zimmer. Er konnte es kaum erwarten, Pandoras Gesicht zu sehen, wenn sie ihre Geschenke aufmachte. Er nahm den Türgriff in die Hand, um aufzuschließen, aber die Tür öffnete sich leise. Fassungslos starrte er in das leere Zimmer.

„Bleib hier“, befahl ihm Worvak und schob ihn zur Seite, um in das Zimmer zu gehen.

Einen alten Scheiß werd ich. Er ging hinter Worvak her in den Raum, der vorsichtig das Zimmer absuchte und auch unter dem Bett nachschaute. Nichts.

„Verdammter Venday“, fauchte Boxtar und ging zur Tür. „Ich werde ihn an seinen eigenen Haaren aufhängen.“

„Ich glaube nicht, dass Venday hier der Schuldige ist.“

„Wie kommst du darauf?“

Er drehte sich um und sah, dass Worvak ein kleines Stück Papier betrachtete, dass er jetzt Boxtar reichte.

„Ihr Kaisarianisch ist ziemlich gut“, sagte Worvak ruhig, während Boxtar die kurze Notiz anstarrte.

Reise zu Stadt Lord. Hilfe. Rückkehr.

„Stadt Lord? Sie ist losgegangen zu Lord Stalan? Ach du Scheiße. Wir müssen hinter ihr her.“

Er ließ alles stehen und liegen und ging so schnell er konnte wieder die Treppen hinunter, Worvak direkt hinter sich. Auch wenn Lord Stalan nie irgend etwas nachgewiesen werden konnte, so gab es genug Gerüchte, dass er korrupt war, und das besorgte Boxtar sehr. Selbst falls der Mann ehrlich war, der Gedanke an seine Frau alleine in der immer größeren Masse an Leuten, die in der Stadt ankamen und unterwegs waren, ließ sein Herz vor Panik rasen.

Er hatte die vielen Leute nicht weiter beachtet, als er mit Worvak auf dem Rückweg hierher war, aber jetzt, wo er wusste, dass Pandora da draußen war, sah jeder betrunkene Mann und jeder Händler bedrohlich aus. Die Festivitäten in der Stadt hatten noch nicht einmal offiziell begonnen, aber die Bewohner der Stadt waren schon am Feiern. Der Gestank nach Alkohol und die lauten, betrunkenen Stimmen waren durchdringend. Außerdem wurde es bereits dunkel. Wie sollte er in diesem Chaos nur eine kleine Frau finden?

Er wusste nicht wie, aber er hatte keine Wahl. Er musste sie finden.

Rücksichtslos drückte er sich durch die Menge und ignorierte die betrunkenen Beschwerden mit Worvak an seiner Seite. Er würde zuerst zum Sitz von Lord Stalan gehen und dann die Suche erweitern, wenn sie dort nicht war.

„Du solltest den anderen Bescheid sagen“, sagte er.

„Das frisst alles Zeit. Wir sollten zuerst ihren Weg abgehen.“ Worvaks Stimme war noch immer ruhig, aber sein Gesichtsausdruck sehr ernst.

Sie kamen am Marktplatz an und er fluchte leise. Das gesamte Gebiet war übersät mit strömenden Massen an Leuten. Sollten sie versuchen, sie hier zu suchen? Zuerst zu Lord Stalan, entschied er, und schob einen betrunkenen Mann zur Seite. Sie waren ungefähr in der Mitte des Platzes, als er meinte, irgendwo etwas blasse Haut aufblitzen zu sehen.

„Hast du das gesehen?“, wollte er von Worvak wissen und versuchte verzweifelt eine Spur ihres Dufts in der Masse zu finden.

„Nein, aber ich habe auch gerade aus nach vorne geschaut.“

Wenn er sich täuschte, dann würden sie wertvolle Zeit verlieren, aber sein Instinkt schrie regelrecht, dass er dem nachgehen sollte.

„Hier lang“, entschied er und drückte sich in die Richtung, in der er dachte – *betete* – dass er Pandora gesehen hatte. Als sie am Rand des Marktplatzes ankamen, wurde es etwas weniger überfüllt und er schaute sich verzweifelt um. Keine Spur von ihr. Doch dann hörte er das Brüllen eines daichinischen Mannes. Er und Worvak schauten sich an und rannten los.

Das Geräusch war aus einer Seitenstraße gekommen. Eine einzige Laterne beleuchtete die Straße, aber es war hell genug, dass sie sahen, wie der daichinische Mann das Gesicht eines Zameetaners gegen die Wand knallte. Ein weiterer Zameetaner warf sich in den Rücken des Mannes und der brüllte erneut auf. Ein freudiges Grinsen kam über Worvaks Gesicht als er in Richtung des Kampfes stürmte. Boxtar achtete nur auf die Gestalt, die an der Wand gegenüber stand.

„Pandora!"

Sie schaute auf, als er ihren Namen rief, und dann rannte sie auf ihn zu. Er traf sie auf halber Strecke und seine Arme umschlossen sie, als sie sich auf ihn warf.

„Gott sei Dank bist du hier. Diese zwei Aliens haben mich gepackt und ich konnte nicht weg von ihnen und dann kam der Ork, aber er ist nur alleine und ich war mir nicht sicher, ob er sie alleine besiegen kann."

Er schaute kurz zu den kämpfenden Männern und sah, dass Worvak und der Daichin die Lage gut unter Kontrolle hatten und konzentrierte sich wieder auf seine Frau.

„Du hättest mich nicht verlassen sollen."

„Du verstehst nicht. Ich musste gehen."

„Warum?", wollte er wissen und schüttelte dann den Kopf, weil dieses Gespräch warten konnte. „Den Göttern sei Dank, dass es dir gut geht."

Sie schluchzte und vergrub sich tiefer in seine Arme und sagte: *„Ich bin so froh, dass du hier bist. Ich hatte solche Angst, dass ich dich nie wieder sehen würde."*

Er erschauderte bei dieser Vorstellung und hielt sie noch fester. Er hörte das unverwechselbare Geräusch gebrochener Knochen und kurz darauf kam Worvak grinsend zu ihnen.

„Ein würdiger Kampf. Und ein würdiger Kampfkamerad", fügte er hinzu als der Daichin sich zu ihm gesellte.

Boxtar nickte und sagte: „Danke, dass du meiner Frau zu Hilfe gekommen bist.“

„Ja, danke dir“, sagte Pandora leise. *„Ich weiß nicht, was ich getan hätte, wenn du nicht aufgetaucht wärst.“*

„Ich bin froh, dass ich helfen konnte. Du solltest besser auf deine Frau aufpassen.“ Der daichinische Mann schaute ihn stirnrunzelnd an.

„Das habe ich vor. Vielleicht werde ich sie nie wieder aus den Augen lassen.“

Pandora machte ein unzufriedenes Geräusch ob dieses Kommentars, aber beide Männer ignorierten das und der Daichin nickte und sagte: „Gut. Möchtest du, dass ich euch bis zu eurer Unterkunft begleite?“

„Das wird nicht nötig sein.“

„In Ordnung. Du solltest sie wirklich gut bewachen. Sie ist eine sehr verführerische Zielscheibe.“

Obwohl er dankbar war, mochte er nicht, dass er heraushörte, wie sehr dem anderen Mann Pandora gefiel.

„Sie ist bei mir in Sicherheit“, knurrte er und hob sie in seine Arme, obwohl sie sagte, dass sie selbst laufen konnte.

Er nickte dem fremden Mann zu und ließ Worvak eine Schneise durch die Massen schlagen, während er Pandora zurück zu ihrer Unterkunft trug. Sein Stellvertreter ging mit bis hoch ins Zimmer, überprüfte kurz den Raum, so wie immer, und ging dann zur Tür. Er blieb lang genug dort stehen, um Pandora stirnrunzelnd anzusehen und zu sagen:

„Es war ein ehrenhafter Kampf, aber du solltest nicht noch einmal ein so leichtsinniges Risiko eingehen.“

„Ich finde nicht, dass es leichtsinnig war“, wehrte sie sich und inzwischen hatte sie auch wieder etwas Farbe im Gesicht.

„War es aber“, sagte Worvak unversöhnlich. „Mögen die Götter es verhindern, aber falls du in Zukunft vor einer ähnlichen Entscheidung stehst, dann frag dich bitte, was ich dazu sagen würde.“

Er war verschwunden, bevor sie antworten konnte und hatte die Tür hinter sich zu gezogen. Boxtar setzte sie kurz ab, um die Tür abzuschließen, dann suchte er in den ganzen Paketen und Taschen herum, bis er gefunden hatte wonach er gesucht hatte. Er reichte ihr den Übersetzer und als sie ihn nur verwirrt anschaute, zeigte er ihr, wie sie ihn sich ins Ohr machen konnte. Sie erschauderte, als das Teil ihr ins Ohr schlüpfte.

„Was ist das?“

„Ein Übersetzer. Jetzt können wir uns unterhalten“, sagte er ernst.

Sie sah ihn überrascht an. „Das ist so seltsam. Ich weiß zwar, dass du kaisarianisch sprichst, aber die Worte klingen wie meine Sprache in meinem Kopf.“

„Gut. Dann wirst du mich auch nicht falsch verstehen.“

„Ihre Augen verengten sich und sie sagte: „Du hast schon so einen, oder? Aber du hast so getan, als ob du nicht verstehst, was ich sage.“

„Ich habe nicht alles verstanden, vor allem am Anfang nicht. Aber die Übersetzer können sich anpassen und dazu lernen.“

„Das Ding hat bestimmt schneller gelernt, als ich kaisarianisch lernen konnte“, murmelte sie.

„Vielleicht schon, aber die Übersetzer sind nur für gesprochene Konversationen nützlich. Sie können dir nicht beibringen, in einer anderen Sprache zu lesen."

„Der Gedanke, nicht lesen zu können, ist schrecklich für mich."

Es war zwar eigentlich nicht der passende Moment, aber... Er gestikulierte auf die Tasche, die er bei der Tür hatte fallen lassen, als er vorhin davon gehastet war und sagte:

„Ich weiß. Deshalb habe ich die hier für dich gekauft. Ich dachte, wir könnten sie zusammen lesen."

Sie riss ihre Augen begeistert auf, als sie in die Tasche schaute und fragte:

„Du hast all diese Schriftrollen für mich gekauft?"

„Sie sind nicht so antik wie die, die wir unterwegs zusammen gelesen haben, aber ich dachte, vielleicht willst du ja deine eigene Sammlung haben."

„Meine eigene Bibliothek", murmelte sie und ihre Augen füllten sich mit Tränen. „Verdammt. Wie kann ich auf dich wütend sein, wenn du so etwas Schönes für mich machst?"

„Ich will nicht, dass du auf mich wütend bist", sagte er aufrichtig. Er nahm ihre Hand und zog sie weg von den Schriftrollen in Richtung des Sitzbereichs beim Kamin. Er wollte sie am liebsten auf seinen Schoß ziehen, aber setzte sich dann doch neben sie.

„Das ist aber nicht das Einzige, über das wir reden müssen. Warum bist du so ein leichtsinniges Risiko eingegangen?"

„Weil du mir nicht zugehört hast."

„Ich habe dir doch gesagt wir würden reden, wenn ich zurück komme."

„Ja und du hast auch gesagt, dass du mich auf ein Schiff bringen würdest. Und mich komplett ignoriert, als ich gesagt habe, dass ich nicht auf ein Schiff gehen kann."

„Ich habe dich nicht ignoriert" *Oder habe ich das?* „Ich wollte dich nie durcheinander bringen mit dem, was ich gesagt habe. Ich dachte, du wolltest nicht hier sein, wenn die Karawane hier ankommt."

„Aber ich will dafür hier sein!"

„Warum?", zwang er sich zu fragen und fürchtete sich vor der Antwort. „Ist es wegen diesem Quinn? Bedeutet er dir so viel?"

„Allerdings bedeutet *sie* mir viel."

Quinn war eine Frau. Erleichterung durchströmte ihn und ihm wurde etwas schwindlig, als er fragte: „*Sie?* Willst du sagen, sie ist eine weitere menschliche Frau? Warum hast du mir das nicht schon vorher gesagt?"

„Am Anfang war ich mir nicht sicher, ob ich dir vertrauen konnte."

Das traf ihn schmerzhafter, als er gedacht hätte, aber das konnte er ihr wohl kaum vorwerfen. Egal wie gut seine Absichten waren, er hatte sie von den Kaufleuten gestohlen mit anderem Diebesgut, was weit weniger wert war als seine Frau.

„Und hast du da deine Meinung geändert?", fragte er mit steifer Stimme.

„Ja. Ich hatte ja schon entschieden, es dir zu erzählen, als wir hier ankamen, aber du hast mir ja keine Chance gegeben, es dir zu sagen."

„Es tut mir leid." Er gab jetzt seinem Bedürfnis nach und hob sie in seinen Schoß. Erleichtert stellte er fest, dass sie sich nicht wehrte, sondern sich bei ihm einkuschelte. „Ich wollte die Waren schnell verkaufen und Vorräte besorgen, damit wir segeln können, bevor die Winterstürme anfangen."

„Wohin segeln?"

„Nach Sekala. Das ist eine Insel im Süden des Planeten, die im Winter immer abgeschnitten ist vom Rest. Die Vorräte sind für die Leute auf der Insel und sie brauchen sie sehr dringend, aber wenn eine weitere Frau in Gefahr ist..."

Er rieb sich das Gesicht und versuchte eine Lösung für das Problem zu finden. Er könnte versuchen, das Schiff loszuschicken ohne ihn an Bord, aber wenn er nicht gehen würde, dann würde Worvak auch nicht gehen und dann wären zu wenig Männer an Bord.

„Ich glaube nicht, dass sie momentan wirklich in Gefahr ist, solange sie mit den Händlern unterwegs ist. Die Händler haben uns nicht schlecht behandelt. Aber sie ist jetzt allein und vermutet bestimmt das Schlimmste was mich und Olivia angeht."

Er zögerte und entschied dann, dass es Zeit war, seinen Plan zu verraten:

„Wenn du glaubst, dass sie bei den Händlern sicher ist, dann habe ich einen Vorschlag."

„Wie lautet der?"

„Komm mit mir nach Sekala." Er hob die Hand, als sie ansetzte, etwas einzuwenden. „Es sollte nicht mehr als drei Tage pro Strecke dauern, zwei, wenn der Wind günstig steht. Wir können nach Sekala segeln, die Vorräte dort abladen und dann zurück kommen. Wir werden zurück sein, bevor die Karawane hier ankommt. Wir können deine Freundin retten und dann den Winter in der Stadt verbringen."

„Ist das denn, was du machen willst?", fragte sie ihn und betrachtete sein Gesicht.

Es wäre nicht seine erste Wahl gewesen, aber wenn das hieß, dass er bei ihr sein konnte, dann würde er dafür sorgen, dass es funktionierte.

„Ich bin mir sicher, dass das schon okay sein wird."

„Hm. Das klingt wie ein Nein."

„Das ist kein Nein. Ich will bei dir sein", sagte er entschlossen.

„Ich will bei dir sein", flüsterte sie und er wurde ganz benommen von dieser Aussage. „Und dein Plan gefällt mir. Nach meinem Erlebnis heute macht es mir nichts, für eine Weile aus der Stadt zu verschwinden. Vor allem, weil ich gute Neuigkeiten habe."

„Was für Neuigkeiten?"

„Lord Stalan hat mir versprochen, dass er Leute schickt, um die Karawane zu untersuchen, wenn sie ankommt", sagte sie glücklich.

Er wünschte, er könnte ihren Enthusiasmus teilen, aber er hatte keinen Grund, Lord Stalan zu vertrauen. Außerdem war es ihm nicht entgangen, dass Pandora erst überfallen worden war, nachdem sie sein Haus verlassen hatte. Hatte möglicherweise Lord Stalan hinter dem Versuch gesteckt, sie zu verschleppen?

„Das sind gute Neuigkeiten", sagte er langsam. Er überlegte, ob er ihr von seinen Bedenken erzählen sollte, aber er hatte keine

Beweise und wollte nicht, dass die Freude von ihrem Gesicht verschwand. Wenn sie zurück in der Stadt waren, hatte er fest vor, einen Termin beim Flottenkommandant wahrzunehmen, aber er würde ihm auch vorher eine Nachricht zukommen lassen. Vielleicht würde ihn das ermutigen, seine eigenen Nachforschungen anzustellen.

„Wann segeln wir los?", fragte sie.

„Mit der Morgenflut."

„Dann haben wir ja noch den Rest der Nacht. Ganz alleine in diesem Zimmer. Mit diesem schönen, großen Bett."

Ihre Finger wanderten seine Brust hinab und er hätte fast vor Lust aufgestöhnt, aber er musste ihr noch eine Sache sagen.

„Ich will nichts mehr als das Bett mit dir zu teilen" , sagte er und hielt diese ihn provozierenden Finger fest als sie seinen Gürtel erreichten. „Aber ich muss dir erst die Wahrheit über mich erzählen. Dann änderst du deine Meinung vielleicht."

KAPITEL DREIZEHN

„Bist du verheiratet? Ich meine verpartnert?“, wollte Pandora wissen und Boxtar starrte sie schockiert an und erwiderte: „Wie kommst du darauf, so etwas überhaupt zu fragen?“

„Du hast gesagt, dass ich vielleicht meine Meinung ändern werde darüber, dass ich mit dir schlafen will. Das wäre ein guter Grund für mich.“

„Natürlich bin ich nicht verpartnert“, sagte er und zögerte dann.

Oder doch? Er konnte seine Gefühle ihr gegenüber nicht leugnen, auch wenn er ihr keine Zukunft bieten konnte. Er schob seine Sehnsucht beiseite und konzentrierte sich auf seine Beichte. Es gab einfach keinen einfachen Weg, es zu sagen.

„Ich bin kein ehrenvoller Mann. Ich bin ein Dieb.“

„Ähm, ja. Das hatte ich schon verstanden, sobald ihr die Sachen durchgegangen seid, die ihr von den Händlern gestohlen habt. Auch wenn ich kein Mitleid mit denen habe." Sie betrachtete sein Gesicht und fragte: „Aber warum machst du das? Du scheinst ja ganz offensichtlich selbst ein Problem damit zu haben."

„Weil ich keine andere Wahl habe", sagte er verbittert und seufzte dann. „Aber ich sollte wohl weiter in der Vergangenheit anfangen."

Trotz seiner Aussage war er sich nicht sicher, wie er anfangen sollte. Sie wartete geduldig und ihre Augen waren noch immer aufmerksam auf sein Gesicht gerichtet.

„Ich bin von Balain", sagte er schließlich. „Unser Planet besteht hauptsächlich aus einem Ozean mit vielen Inseln, und die meisten der Inseln verstehen sich untereinander nicht gut. Ich wurde als Krieger aufgezogen, genau wie mein Vater und sein Vater vor ihm. Es war eine schöne Kindheit."

Er erinnerte sich noch immer gerne daran: Das Jagen im Wasser, das Training mit seinen Cousins, wie sie den alten Kriegern zugehört hatten, wenn die ihre Geschichten von Heldentum und Ehre erzählt hatten.

„Als ich volljährig wurde, wollte ich mehr vom Imperium sehen und habe einen Vertrag bei einer privaten Militärfirma unterschrieben. Die stellen Krieger von verschiedenen Planeten ein und nutzen sie für Einsätze, bei denen die Imperiale Flotte offiziell nicht involviert sein darf."

Er hörte die Verbitterung in seiner eigenen Stimme und tat sein Bestes, neutral weiter zu sprechen.

„Dort habe ich Worvak kennen gelernt. Er würde sagen, dass ich sein Leben gerettet habe, aber ich war einfach zur richtigen Zeit am richtigen Ort." Nur durch Zufall hatte er den Scharfschützen entdeckt und Worvak aus dem Weg gestoßen. Die Harkaner waren schwer umzubringen, aber ein direkter Schuss in den Hinterkopf war normalerweise ein sicherer Weg. „Danach haben wir immer gemeinsam Aufträge angenommen, bis er nach Hause zurückkehren musste für seine Verpartnerungszeremonie."

„Er hat eine Partnerin?", fragte sie überrascht.

„Nicht mehr." Das war auch seine Schuld.

„Während er weg war, habe ich einen Auftrag angenommen. Es sollte ein einfacher Auftrag sein, ein paar Wissenschaftler auf einem unbewohnten Planeten zu bewachen, aber es ist etwas schief gelaufen. Ich weiß immer noch nicht genau, was, aber ich weiß, dass ein Kaisarianer damit zu tun hatte, der ein Mitglied des Königshauses war."

Er war naiv genug gewesen, sich damals nicht zu viele Fragen zu stellen. „Ich war der Einzige meiner Abteilung ‚der überlebt hat, und ich wurde von dem Planeten weggebracht. Eine Woche später wurde ich verhaftet."

„Wofür?"

Er versuchte, sein Gesicht ruhig zu halten, als er sagte: „Für den sexuellen Missbrauch und den Mord an einer jungen Frau."

Das Grauen dieser Anschuldigung setzte ihm noch immer zu. Er schaute zu ihr hinüber und hatte Angst davor, was er sehen würde. Ekel, vielleicht Angst, so wie auch seine Familie reagiert hatte.

„Das warst du aber nicht", sagte sie stattdessen.

Er war so überrascht, dass es ihm für einen Moment die Sprache verschlug.

„Warum sagst du das?“

„Wir sind vielleicht noch nicht so lange zusammen, aber ich weiß, dass du so etwas niemals tun würdest.“

„Worvak ist der Einzige außer dir, der das glaubt.“

„Was ist mit deiner Familie?“

Er schüttelte den Kopf. „Sie haben eine Nachricht an mich ins Gefängnis schicken lassen und mich informiert, dass ich enterbt bin und nicht mehr willkommen auf Balain.“

„Dann waren sie nicht wirklich deine Familie. Ich bin deine Familie.“

Es löste sich etwas in ihm in diesem Moment; ein Schmerz, den er schon so lange mit sich herum getragen hatte, dass es ihm gar nicht mehr bewusst gewesen war, bis er sich jetzt aus seinem Körper löste.

„Danke dir“, flüsterte er und küsste sie.

Sie erwiderte seinen Kuss, ohne zu zögern. Er wurde erregt, aber sie schob ihn sanft von sich und fragte:

„Was ist dann passiert?“

„Dann wurde ich verurteilt.“ Er konnte es schlecht als Prozess bezeichnen. Auch wenn die gefälschten Beweise gegen ihn sprachen, hatte er keine Möglichkeit, selbst etwas zu seiner Verteidigung zu sagen. „Ich wurde zu lebenslanger Haft verurteilt auf einem der Gefängnisplaneten des Imperiums. Aber als ich auf Folsom ankam, wurde ich nicht ins normale Gefängnis gesteckt. Ich wurde in das illegale Untergrundgefängnis gebracht."

Seltsamerweise war das anfangs für ihn das Schlimmste gewesen, vom Tageslicht weg zu sein. Nachdem er den Großteil seines Lebens draußen verbracht hatte, hatten ihn die nassen Felswände und niedrigen Decken sowie die fehlende frische Luft und Sonnenlicht völlig überwältigt. Er hatte sogar darüber nachgedacht, seinem Leben ein Ende zu bereiten, aber dieses Elend genauer auszuführen wollte er ihr ersparen.

„Doch dann hat Worvak mich aufgespürt. Als er gehört hatte, was passiert war, hat er seine Partnerschaft aufgegeben, seinen Posten gekündigt und nicht aufgehört mich zu suchen, bis er mich gefunden hatte. Er hat den Großteil seiner Ersparnisse dafür aufgewandt, Wärter und Regierungsangestellte zu bestechen und hat es geschafft, mich da raus zu holen."

„Wie?"

„Wir haben meinen Tod vorgetäuscht. Er hat einen der Wärter bestochen, eine Pille hinein zu schmuggeln, die es so hat wirken lassen, als ob ich tot war. Meine ‚Leiche' wurde dann auf ein Transportschiff geschmuggelt."

Er erschauderte noch immer bei dem Gedanken daran. So viel hätte dabei schief gehen können, aber Worvak hatte die richtigen Gehilfen angestellt und sein Plan war aufgegangen.

„Gott sei Dank gab es Worvak", sagte sie mit Nachdruck und er lächelte.

Er hatte sich so vor diesem Moment gefürchtet, aber sie war wesentlich verständnisvoller, als er zu hoffen gewagt hatte. Aber...

„Es gibt noch eine weitere Sache, die du wissen solltest. Das Imperium sieht mich immer noch als Kriminellen. Wir sind hierher gekommen, um ihnen zu entkommen, und es ist unwahrscheinlich, dass wir hier jemals weg können."

„Das verstehe ich nicht."

„Wenn du die Galaxie bereisen willst, dann kann ich nicht mit dir gehen. Nicht, ohne dich in Gefahr zu bringen."

Sie lachte. „Ach Boxtar. Ich habe mein gesamtes Leben auf einem Planeten verbracht. Ein zweiter ist mir schon genug. Ich mag ein ruhiges Leben. Das alles ist mir nur passiert, weil ich für meinen Geburtstag an einen ruhigen und friedlichen Ort gehen wollte. Und trotz allem, was passiert ist, ist das noch immer die Art Umgebung, die ich am liebsten habe."

„Du hast den Tag deiner Geburt gefeiert?"

„Ja. Und wie sich heraus gestellt hat, war das der erste Tag eines ganz neuen Lebens. Das ist irgendwie Ironie des Schicksals, oder?"

„Ich wünschte, dass ich das gewusst hätte. Dann hätte ich dir Geschenke gebracht."

Ihr Gesichtsausdruck wurde ganz sanft und sie sagte: „Du hast mir Schriftrollen gebracht. Ich könnte mir kein perfekteres Geschenk vorstellen."

„Da sind auch noch Kleider."

„Ich bin mir sicher, dass sie mir gefallen werden...morgen früh. Ich glaube aber, dass es jetzt an der Zeit ist, ein paar Kleider zu entfernen."

Bevor er sie davon abhalten konnte, selbst wenn er das gewollt hätte, setzte sie sich auf und hob ihre Tunika über den Kopf, so dass ihre Brüste nackt hervorsprangen, während sie sich auf seinen Schoß setzte. Er starrte diese schönen Erhebungen an, die nur wenige Zentimeter von seinem Mund entfernt waren, und fühlte sich fast schwindlig vor Erregung.

„Das fühlt sich an, als ob es mein Geburtstag ist", murmelte er und legte seine Hände auf ihre Brüste. Dann streichelte er mit dem Daumen über die harten, roten Brustwarzen. „Und das hier ist mein perfektes Geschenk."

„Vielleicht solltest du sie probieren", flüsterte sie. „Um sicherzustellen, dass sie gut für dich sind."

„Da habe ich keinerlei Zweifel."

Trotz seiner Versicherungen beugte er sich nach vorne und nahm eine der Spitzen in den Mund.

Bei den Göttern, er liebte ihren Geschmack. Er kratzte sanft mit seinen Zähnen den Nippel entlang und sie zitterte. Er roch jetzt den Duft ihrer Erregung. Ihre Hüften bewegten sich an seinen und suchten den Kontakt zu seinem Schaft, und er stöhnte und packte das üppige Fleisch ihres Hinterns, während er sie an sich zog.

„Ist das besser so, mein kleiner Argal?"

„Mmm."

Auch wenn zwei Schichten Kleidung sie noch voneinander trennten, konnte er die Hitze ihrer süßen kleinen Möse spüren, doch dann zog sie sich kurz zurück und sagte dann aber keuchend: „Bett. Ohne Kleider."

„Bist du dir sicher?"

„Sehr sicher."

Er hatte sie schon aufs Bett gelegt, bevor sie fertig geredet hatte, und zog dann sanft ihre Hose herunter. Ihr blasses Fleisch leuchtete in dem gedämpften Licht. Bei den Göttern, sie war so schön. Er zog seine eigenen Kleider wesentlich ungeduldiger aus und dann kam er zu ihr aufs Bett.

Ihre Augen weiteten sich in diesem tiefen mysteriösen Blau eines mitternächtlichen Ozeans, aber die perfekten roten Lippen lächelten ihn an.

„Ich will dich in mir spüren."

Sein Schwanz zuckte so heftig, dass er Angst hatte, schon jetzt seinen Samen zu vergießen, aber dann fiel ihm ein, wie klein ihre Öffnung war.

„Bald", versprach er. „Wenn du bereit für mich bist."

„Ich bin jetzt bereit."

Ihre Wangen wurden rot, aber sie packte seine Hand und legte sie zwischen ihre Beine. Sie war heiß und feucht und ihre zarten Schamlippen glänzten, als sie ihre Beine öffnete. Er beugte sich über sie und suchte nach der empfindlichen Papille, dann lächelte er zufrieden, als er den kleinen roten Knopf sah. Er strich mit dem Finger darüber und sie schrie auf und vergrub ihre Hände in seinen Schultern.

Er strich erneut darüber und fuhr dann nach unten, um ihren Eingang zu suchen. Er war so klein, wie er es in Erinnerung hatte, aber als er dagegen drückte, schlüpfte sein Finger leichter in sie hinein, als er gedacht hatte. Er fügte einen weiteren Finger hinzu und ihre Hände packten ihn wieder fester an den Schultern, doch ihre Hüfte hob sich ihm entgegen.

„Ich bin bereit", sagte sie ungeduldig.

Obwohl er es selbst so sehr wollte, schüttelte er den Kopf und sagte:

„Lass mich erst sehen, ob du einen weiteren Finger in dir aufnehmen kannst.“ Drei Finger sollten einen ähnlichen Umfang wie sein Schwanz haben, oder?

Wie er vermutet hatte, hatte ihr Körper Schwierigkeiten, den dritten Finger in sich aufzunehmen, aber er bearbeitete ihre Papille, bis sie ganz weich wurde und sich genug aufdehnte, um alle drei Finger in ihr zu vergraben. Verdammt, sie war so eng. Und feucht und heiß und perfekt.

„Jetzt“, verlangte sie und er konnte nicht länger widerstehen.

Er legte seine Papillae an ihre Öffnung und die breiten Ranken bewegten sich bereits und stießen in sie. Er spürte einen kurzen Widerstand und dann öffnete sich ihr Körper für ihn und er war umgeben von ihrer süßen Hitze. Seine Papillae bebten und die Empfindungen überwältigten ihn. Ihr Körper bäumte sich auf und nahm noch mehr von ihm in sich auf und ihr enger Kanal schloss sich fast schmerzhaft um ihn, als er noch mehr Hitze um die gierigen Ranken spürte.

Als ihr Körper irgendwann aufhörte zu beben, öffnete sie die Augen.

„Das war großartig.“

Er konnte sich gerade noch unter Kontrolle halten, aber brachte es fertig, zu Lächeln und zu sagen: „Das war erst der Anfang.“

Seine Hüften bewegten sich nach vorne und er vergrub seinen gesamten Schwanz in ihr. Ihr Körper erschauderte in einem weiteren Höhepunkt und dann kam auch er; sein Samen ergoss sich in ihr und vermischte sich mit ihrer Essenz, während seine Papillae tiefer in ihr versanken.

Er hatte das noch nie erlebt, noch nie diese Hitze und Süße in einer Frau geschmeckt. Das sollte nur mit der auserkorenen Lebenspartnerin eines balainischen Mannes passieren, und als seine Hüften begannen sich zu bewegen und er jeden Zentimeter ihres süßen, engen Kanals berührte, wusste er, dass er trotz aller widrigen Umstände seine Lebenspartnerin gefunden hatte.

KAPITEL VIERZEHN

Pandora starrte an die Zimmerdecke. Ihr Körper bebte noch immer in Boxtars Armen. Sie hätte es nie für möglich gehalten, dass es so etwas gab. Als er in sie eingedrungen war, war es, als ob jeder Zentimeter ihrer Vagina gestreichelt und massiert wurde. Das in Kombination mit der heftigen Dehnung ihrer Öffnung und dem Druck, den das auf ihre Klitoris ausübte, gab ihr das Gefühl, dass er perfekt geformt war, um eine Frau zu befriedigen.

„Pandora?"

Als sie nicht die Energie hatte zu antworten, hob er den Kopf und schaute sie besorgt an.

„Alles in Ordnung? War das zu viel für dich?"

„Ich bin gerade einfach nicht fähig, rational zu denken", informierte sie ihn.

„Ist das schlecht?"

„Nein. Es ist etwas Perfektes und Wundervolles."

Er lächelte erleichtert und sagte: „Du bist perfekt."

„Ich weiß, dass das nicht stimmt, aber ich habe keine Kraft, dir zu widersprechen."

„Tut mir leid", sagte er.

Sie öffnete ein Auge um zu überprüfen, ob er es ernst meinte. Er sah besorgt aus und sie hob einen schlaffen Arm und tätschelte seine Wange.

„Glaub mir, ich beschwere mich nicht. Ich muss nur meine Kondition aufbauen." Es war das erste Mal in ihrem Leben, dass sportliche Betätigung je verlockend gewesen war. „Und wir werden sehr viel Zeit haben zu trainieren."

Sie hatte erwartet, dass er sie jetzt auch anlächeln würde, aber seine Augenbraue war noch immer angehoben.

„Was ist los?", fragte sie sanft.

„Ich wünschte, ich könnte dir mehr bieten", brach es aus ihm hervor. „Aber ich kann dir nicht die Dinge geben, die du verdient hast."

„Du hast mir Bücher gegeben, also ich meine Schriftrollen. Viel mehr als das brauche ich wirklich nicht."

„Du verdienst die edelste Kleidung und Schmuck und eine angemessene Unterkunft."

„An Schmuck habe ich überhaupt kein Interesse. Was Kleider angeht brauche ich auch nicht viel mehr als das, was Dara für mich gefunden hat. Außer natürlich, du bevorzugst es, wenn ich nackt bin...

Sie war erleichtert, als sie sah, dass das dazu führte, dass sein

Augen zu leuchten begannen und er nicht mehr so besorgt aussah.

„Eine sehr verführerische Vorstellung", stimmte er ihr zu und umkreiste dann ihre Brustwarze mit seinem Daumen.

Sie kam seiner Berührung entgegen und ihr Körper begann auf ihn zu reagieren, auch wenn sie hätte schwören können, dass sie zu befriedigt und ausgelaugt war, um erneut auf seine Berührung anzuspringen. Sie hasste es, den Moment zu ruinieren, aber sie wollte etwas wissen, was er erwähnt hatte.

„Allerdings stimme ich dir zu, dass wir einen Ort zum Leben brauchen werden. Hast du ein Zuhause?"

Jetzt sah er wieder besorgt aus und zog seine Hand zurück, aber sie legte ihre Hand auf seine und drückte ihn auf ihre Brust.

„Ich habe eine bescheidene Unterkunft", sagte er. „Aber auf Sekala. Selbst wenn wir nicht in die Stadt zurückkehren würden für den Winter wäre es keine angemessene Unterkunft für dich."

„Verstehe", sagte sie nachdenklich und versuchte die Tatsache zu ignorieren, dass er wieder angefangen hatte, mit ihrer Brustwarze zu spielen. „Heißt das, dass du dir keine Wohnung hier in Almadin leisten kannst?"

Er sah etwas beleidigt aus und sagte: „Natürlich kann ich mir das leisten, aber es wird eine –"

„Lass mich raten: Eine bescheidene Unterkunft sein?"

Er lächelte widerwillig und nickte dann.

„Ich habe bisher immer nur in bescheidenen Unterkünften gewohnt, wenn man das so sagen will. Das stört mich nicht.

Außer wenn die Annahme ist, dass du, ich und Quinn alle im selben Zimmer schlafen werden. Das würde solche Aktivitäten wie diese hier erschweren."

Sie grinste, als sich seine Hand sofort fester um ihre Brust schloss.

„Das war nicht meine Absicht", gab er zu.

„Wenn es am Geld liegt, darüber habe ich schon nachgedacht. Vielleicht könnte ich Arbeit in einem Restaurant finden?"

„Auf keinen Fall", sagte er sofort.

„Warum nicht? Ich kann kochen."

„Ich würde mir Sorgen machen, dass es keine sichere Umgebung für dich ist."

Sie vermutete, dass er sich nicht auf die unvermeidliche Gefahr von Hitze und scharfen Küchengeräten bezog. Nach dem, was heute passiert war, konnte sie seine Sorgen auch nicht komplett von der Hand weisen, aber sic glaubte auch nicht, dass sie so ein verführerisches Beuteziel für irgendwelche Männer war, wie er zu glauben schien.

„Vielleicht könnten wir ein Restaurant finden, das von einer Frau betrieben wird?", schlug sie vor. „Oder du könntest bei mir bleiben und mich bewachen bei der Arbeit", fügte sie provozierend hinzu und sein Gesichtsausdruck wurde unbeschwerter, als er sagte:

„Du hast immer einen Plan, oder?"

„Ich gebe mir zumindest Mühe. Auch wenn ich sagen muss, dass das neuerdings ziemlich schwierig geworden ist."

Er fokussierte sich jetzt wieder stärker auf ihre Brustwarze und sie wand sich an seinem Körper.

„Mir gefällt die Vorstellung, dass du mit mir zu einem Restaurant kommst als mein persönlicher Wachmann. Dann könntest du... mir helfen, meine Verspannungen los zu werden, wenn ich eine Pause brauche."

„Das klingt gut", murmelte er und sein Mund wanderte zu der empfindlichen Stelle hinter ihrem Ohr „Brauchst du jetzt gerade Hilfe beim Lösen von Verspannungen?"

Er kratze vorsichtig mit seinen Zähnen ihren Hals entlang nach unten und es verschlug ihr den Atem.

„Oh ja. Wirst du dich um mich kümmern?"

„Immer", versprach er und sie hatte gerade genug Zeit sich zu fragen, ob ihm klar war, was er gerade gesagt hatte, bevor sein Mund ihre Brust erreichte und sie ihre Fähigkeit verlor, noch rational weiter zu denken.

Die Nacht verstrich viel zu schnell und auch wenn sie wenig geschlafen hatte, konnte sie nicht aufhören zu grinsen, als sie sich vorbereiteten, die Unterkunft zu einer viel zu frühen Zeit zu verlassen. Während Boxtar mit Venday beschäftigt war, ging Pandora in die Küche und winkte Dara herbei.

„Danke, dass du mir gestern geholfen hast", sagte sie leise.

„Ich habe gehört, was passiert ist, es tut mir leid. Ich hätte dich besser warnen müssen."

„Das war nicht dein Fehler. Ich habe mit Lord Stalan gesprochen und er hat gesagt, dass er helfen wird. Wir werden für ein paar Tage weg gehen, aber wir kommen dann zurück in die

Stadt und dann können wir hoffentlich nochmal etwas Zeit zusammen verbringen, vielleicht woanders als hier."

Dara lächelte sie schüchtern an und sagte: „Das wäre schön."

Sie löste ihre Halskette mit der Münze von ihrem Hals und gab sie Dara.

Daras Augen weiteten sich und sie sagte: „Das kann ich nicht annehmen. Das ist sehr alt und wertvoll."

„Quatsch. Ich will, dass du sie hast."

Sie hatte mit Boxtar schon darüber gesprochen und er hatte zugestimmt und gesagt, dass die Münze ihr gehörte und sie damit machen konnte, was sie wollte. Es gefiel ihr, dass es ihm überhaupt nichts auszumachen schien, dass sie einem Dienstmädchen eine wertvolle Münze geben wollte.

„Nein, du verstehst nicht", sagte die junge Frau mit Nachdruck. „Das Ding ist vermutlich das Mehrfache meines Vertrages hier wert."

„Dann kannst du sie ja benutzen, dich aus dem Vertrag freizukaufen, wenn du das möchtest. Oder du kannst es aufbewahren und sparen, wenn du willst. Sie gehört jetzt dir."

Sie schloss Daras Finger über der Münze und drückte ihre Hand. Dann beeilte sie sich und ging, bevor das Mädchen sich nochmal wehren konnte.

Sie gingen zu den anderen hinunter in den Innenhof mit den Ställen. Gazar war mürrisch wie immer und sie vermutete, dass er einen Kater hatte. Housen trug eine eigene Tasche mit Schriftrollen und sie schaute sie neugierig an. Vielleicht würde er sich darauf einlassen, ihr ein paar davon auszuleihen, sobald sie die Sprache besser beherrschte. Kahil bereitete die Tiere vor, als Worvak auftauchte und vom Eingangsbereich der Unterkunft her kam, um zu sagen: „Die Vorräte sind alle verladen. Das Schiff ist abfahrbereit, sobald wir an Bord sind." Worvaks Blick fiel auf sie und er sagte: „Du scheinst dich ja von deinem törichten Ausflug erholt zu haben."

„Mir geht es gut", sagte sie mit Nachdruck.

„Dann gehen wir jetzt zum Schiff. Versuch keine Probleme zu machen auf dem weg."

Boxtar knurrte ob dieses Kommentars, aber sie lachte nur und hob ihre wertvolle Tasche voller Schriftrollen hoch.

„Ich werde mein Bestes tun."

Sie liefen zurück durch die Gasse und auf die Straße, die den Hafen entlang führte. Sobald sie aus dem geschützten Innenhofbereich traten, wehte ein eisig kalter Wind und es roch nach Schnee. Sie zitterte und und wickelte den neuen Umhang, den Boxtar für sie gekauft hatte, um sich. Der Wind riss ihr die Kapuze vom Kopf, aber weil sie von Boxtar und seinen Männern umgeben war, machte sie sich weniger Sorgen gesehen zu werden, aber sie spürte sofort, dass ihre Ohren eiskalt wurden.

Glücklicherweise war es nicht weit bis zur Anlegestelle des Schiffs: Es war ein hölzernes Schiff mit zwei bunten, aufgerollten Segeln. Selbst zu dieser frühen Morgenstunde war der Hafendamm sehr belebt. Einige Leute starrten sie an, als Boxtar sie an Bord des Schiffes führte. Er ließ sie an der Brüstung stehen und ging, um Kahil zu helfen, die Mori an Bord zu bringen. Die Tiere waren nicht begeistert von der Aussicht aufs Schiff zu gehen, aber Kahil und Boxtar ermutigten sie sanft, bis sie hoch liefen.

Gazar und Housen verschwanden unter Deck und Kahil blieb bei den Mori. Boxtar und Worvak kamen zu ihr hoch, als die Laufplanke vom Schiff gezogen wurde und sie sich vorbereiteten, loszusegeln.

Die Mannschaft des Schiffs bestand aus dem Kapitän und einem jungen Mann. Sie waren beide Guulli und ihre langen Locken waren in komplizierten Knoten zurück gebunden. Ressi, der junge Seemann, knotete die Seile auf, die das Schiff an den Dock banden, und sprang dann an Bord. Ein paar Minuten später hörte sie das unmissverständliche Tuckern eines Motors.

„Ich vergesse das ständig", sagte sie zu Boxtar, als das Schiff sich geschmeidig vom Hafen weg bewegte.

„Was vergisst du?"

„Wie viel Zugang zu Technologie ihr hier habt. Es ist so leicht, sich all die hölzernen Schiffe anzuschauen und zu denken, dass wir uns in der Vergangenheit der Erde befinden, aber dann höre ich einen Motor, der unserer gegenwärtigen Technologie entspricht. Wahrscheinlich hat er auch ein Radar." Als er verwirrt aussah, fügte sie hinzu: „Ein elektronisches Navigationssystem."

„Kapitän Utaz hat ein solches System, aber es ist nicht besonders hilfreich. So wie die meiste Technologie hier auf diesem Planeten."

„Ist es auf Balain auch so?", fragte sie vorsichtig und hoffte, dass sie keine unangenehmen Erinnerungen hervorrief.

„Auf manche Arten schon. Ich habe das Segeln gelernt, bevor ich laufen konnte, und niemand hätte jemals gewagt, vorzuschlagen, einen Motor an ein Segelboot anzubringen. Ich erinnere mich daran, dass eine Gruppe von uns in die Gewässer vor Kospo gepaddelt ist, das ist eine unserer größten Städte, und wir haben beobachtet, wie die Raumschiffe abgeflogen sind."

„Warum ist das so?", fragte sie.

„Ich vermute, dass es zum Teil am Entwicklungsstand des Planeten liegt, wenn zum ersten Mal die Repräsentanten des Imperiums gelandet sind. Inzwischen gehen sie nicht mehr auf Planeten, bis sie von selbst die Raumfahrt gestartet haben. Zumindest ist das die offizielle Herangehensweise, aber das war nicht schon immer so. Oft hängt es auch von dem Planeten selbst ab, was für Ressourcen zur Verfügung stehen und wie die Bewohner gegenüber Veränderung eingestellt sind. Meine Familie, also die Leute, die Mal meine Familie waren, war immer sehr traditionell eingestellt."

„Mit einer erwähnenswerten Ausnahme was Waffen angeht" kommentierte Worvak trocken, während er zu ihnen hinüber kam. Er hatte den Hafen beobachtet, während sie abgefahren waren.

Boxtar nickte und sagte: „Ja, mit dieser Ausnahme, das stimmt."

Worvak erzählte: „Mein Volk hat auch nicht gezögert, sich Waffen mit höherem Entwicklungsstand zu suchen. Auch wenn wir natürlich auch im Umgang mit all den traditionellen Waffen ausgebildet wurden. Aber sie haben die Technologie in vielerlei Hinsicht begrüßt. Um das auszugleichen und sicher zu stellen, dass wir unser kulturelles Erbe nicht vergessen, verbringen harkanische Krieger mindestens die Hälfte jedes Trainingsjahres in...primitiveren Umgebungen."

„Und hat das Spaß gemacht?", fragte sie neugierig.

„Es ist schon auf eine Art befriedigend, seine Kräfte an der Kraft der Natur zu messen und den Elementen ausgesetzt zu sein.“ Er schaute sie stirnrunzelnd an und sagte:

„Allerdings ist nichts davon für eine Frau angemessen, du brauchst also nicht auf dumme Ideen zu kommen.“

„Du hast eine sehr beschränkte Vorstellung davon, welche Tätigkeiten und Umgebungen angemessen für Frauen sind. In dem Fall brauchst du dir aber keine Gedanken zu machen. Ich habe keinen Plan, mich in der Wildnis auszuleben. Unsere Reise in die Stadt war genug Survivaltraining für mich.“

Worvak sah jetzt nachdenklich aus und sagte: „Es hatte einige Vorteile, dich dabei zu haben. Hast du schon die Kombüse auf dem Schiff inspiziert?“

„Du wirst doch wohl meine Frau nicht zwingen, für dich zu kochen“, sagte Boxtar sofort empört.

Sie lächelte ob Boxtars Kommentar, zuckte mit den Schultern und sagte: „ Ob ich das möchte, hängt davon ab, ob Kapitän Utaz besser kochen kann als du, Worvak.“

„Noch wesentlich weniger als ich“, versicherte Worvak.

Sie erschauderte und der große Krieger grinste breit, als sie sagte:

„Ich kann nichts versprechen, aber ich werde drüber nachdenken.“

Boxtar nahm sie an der Hand und sagte: “Lass mich dir erst unsere Kabine zeigen.”

Ihre Kabine war zwar klein, aber direkt am Heck des Schiffs, und hatte eine Reihe an Fenstern direkt über dem Einbaubett. Fast alle Möbel waren direkt in den Raum integriert, außer einem Stuhl, der vor einem kleinen Schreibtisch stand, und selbst den konnte man fest machen. Es gab sogar ein paar Fächer, die eindeutig dafür gemacht waren, Schriftrollen sicher zu verwahren, und sie räumte ihre Rollen behutsam dort ein.

Es dauerte nicht lang, ihre übrigen Habseligkeiten zu verstauen.

„Und jetzt?", fragte sie.

„Möchtest du ausruhen? Ich habe dich letzte Nacht ja nicht schlafen lassen."

Das Bett sah einladend aus und war bedeckt mit einer bunten Quiltdecke und ein paar großen Kissen, aber sie schüttelte den Kopf und sagte:

„Jetzt noch nicht. Ich glaube, ich will mir doch mal die Kombüse anschauen."

„Ich habe ernst gemeint, was ich gesagt habe: Es ist nicht deine Verantwortung, für uns zu kochen."

„Das ist aber in Ordnung. Es macht mir wirklich Spaß zu kochen und vor allem esse ich auch gerne und wenn Worvak recht hat, was die Kochtalente des Kapitäns angeht und die wirklich noch schlechter sind als seine, dann bin ich mir nicht sicher, dass ich diese Reise überstehen kann, wenn ich nicht selbst koche."

„Ich würde nicht unbedingt sagen, dass es viel schlimmer ist", meinte Boxtar. „Aber ich würde auch nicht sagen, dass es besser ist als bei Worvak."

Sie lachte und sagte: „In dem Fall hätte ich gern, dass du mir auf jeden Fall die Kombüse zeigst."

KAPITEL FÜNFZEHN

Sie kamen am Morgen des dritten Tages auf Sekala an. Der Wind hatte es gut mit ihnen gemeint und so lagen sie gut in der Zeit, aber sie fand es fast schade, als sie die Insel in der Ferne im Wasser auftauchen sah.

Die Reise auf dem Schiff hatte ihr sehr gefallen. Die Kombüse war zwar winzig, aber sehr effizient entworfen und sie hatte sich gut dort eingerichtet. Kapitän Utaz war misstrauisch gewesen, als sie gesagt hatte, dass sie kochen wollte, aber als er zum ersten Mal etwas von ihr vorgesetzt bekam, eine Art französische Fischsuppe, hatte er nachdenklich die Stirn gerunzelt und dann genickt und gesagt: „Ist ziemlich gut."

„Danke", hatte sie betont freundlich gesagt und Boxtars bösen Blick ignoriert.

Dar Kapitän mochte sie dann auch genug, um sie auf die Brücke zu lassen und ihr zu zeigen, wie er das automatische Navigationssystem zusammen mit den traditionelleren Methoden der Navigation nutzte. Alle anderen waren auch hilfsbereit, als sie merkten, wie wissbegierig sie war. Ressi brachte ihr bei, wie man Seemannsknoten machte, zumindest tat er sein Bestes. Gazar begann ihr beizubringen, wie man das Würfelspiel spielte, und sie stellte sich recht geschickt an, zumindest bis Boxtar diesen Lektionen ein Ende bereitete. Kahil zeigte ihr, wie man sich um die Mori kümmerte und Housen bot ihr an, seine Schriftrollen auszuleihen, die sie interessierten.

Worvak bot ihr sogar an, ihr beizubringen, wie man ein Messer warf. Er war ein überraschend geduldiger Lehrer, aber das war wirklich etwas, für was sie kein Talent hatte. Er schüttelte den Kopf, als die das Messer aus einem Fass zog, das anderthalb Meter neben dem eigentlichen Ziel stand.

„Ich glaube, die beste Vorbereitung für dich ist, nie die Seite deines Mannes zu verlassen."

„Dagegen habe ich nichts", sagte Boxtar und lächelte. Er hatte zugeschaut, wie bei den meisten ihrer verschiedenen Lektionen, wenn er gerade keinen Schiffsdienst hatte.

Natürlich hatte er ihr auch weiterhin einiges beigebracht. Nicht nur die Schriftsprache, sondern auch einiges über ihren eigenen Körper, was ihr gefiel und Lust bereitete, und wenn sie darauf bestand auch was ihm gefiel. Sie genoss es, diesen großen, muskulösen Körper und seinen auf wundervolle Weise andersartigen Penis zu erforschen.

Ganz besonders liebte sie es, ihn zu streicheln und ihre Finger in die Lücken zwischen den Erhebungen zu legen. Das fühlt sich fast an wie Händchen halten, dachte sie und lächelte. Schwanz in der Hand klang nicht so romantisch.

„Worüber lächelst du, mein kleiner Argal?", fragte er jetzt. Er stand neben ihr, während sie sich der Insel näherten.

„Ich vermute, weil ich glücklich bin."

„Das freut mich. Ich hoffe, dass nichts passiert, was dir unangenehm ist. Es wird ein kurzer Besuch sein", fügte er hinzu, was mehr wie eine Erinnerung für ihn selbst als für sie klang.

„Ich bin mir sicher, dass alles okay sein wird", sagte sie mit Nachdruck zu ihm und wandte sich dann wieder der näher kommenden Insel zu.

Zuerst konnte sie nur eine Gebirgskette von scheinbar hohen Bergen sehen, die direkt als Felsen ins Meer übergingen, aber als sie um die Kurve der Insel fuhren, tauchte eine Lücke im Gebirge auf und sie konnte ins Landesinnere sehen. Die Berge waren stark bewaldet auf dieser Seite und führten in ein schönes, grünes Tal hinab und formten einen schützenden Bogen um einen fast kreisrunden Hafen. Jetzt wurde ihr klar, dass dieser natürliche Hafen ein uralter Vulkankrater war.

„Es ist so schön", sagte sie und er küsste sie, kurz bevor er zu den anderen ging, um zu helfen, durch den gefährlichen Teil der Felsen hindurch zu manövrieren.

Sie blieb an der Brüstung stehen und schaute zu, wie sie in den Hafen segelten und vor dem Dorf anlegten. Es war überhaupt nicht was sie erwartet hatte. Sie hatte sich eine kleine Ansammlung an heruntergekommenen Häusern vorgestellt, vielleicht ein paar Leute, die schlecht angezogen und hungrig aussahen, die sehnsüchtig das Schiff erwarteten. Stattdessen sah die Gegend am Hafen ziemlich wohlhabend aus. Nicht besonders vornehm oder riesig, aber doch sehr solide. Die Gebäude hätten auch in Almadin nicht fehl am Platz gewirkt.

Und es waren zwar einige Leute versammelt im Hafen, aber niemand schien sich besonders für ihr Schiff zu interessieren. Die meisten der Leute hatten sich um zwei große Männer mit lilafarbener Haut versammelt, die Hörner hatten und in eine heftige Schlägerei verwickelt zu sein schienen. Sie sah Krallen aufblitzen und lila Blut spritzen, während die Menge tobte. Ihr Magen drehte sich um und sie schaute schnell weg.

„Sollte nicht jemand gehen und sie aufhalten?“, fragte sie Boxtar, als er wieder zu ihr kam.

„Das sind nur die Malottibrüder. Die kämpfen sehr oft.“ Er sah amüsiert aus, aber dann schaute er zu ihr und runzelte besorgt die Stirn. „Das ist einer der Gründe, warum ich gezögert habe, dich hierher zu bringen. Es ist kein besonders zivilisierter Ort.“

„So schlimm sieht es hier doch gar nicht aus“, wandte sie ein und schaute wieder die Hafengebäude an. Dahinter waren noch mehr Gebäude und es war ein recht großes Dorf, vielleicht sogar eine kleine Stadt. Hinter dem Dorf sah sie ein paar Äcker an den Berghängen, auch wenn die Landschaft nach oben schnell in Wald überging.

„Es sieht auch niemand hier hungrig und verzweifelt aus“, fügte sie hinzu, als sie die Leute betrachtete.

„Das sind sie auch nicht, noch nicht. Es ist ja erst der Anfang des Winters. Die Sonne scheint noch und deshalb gibt es genug Vorräte. Viele der Leute, die hier landen, denken nicht viel über die Zukunft nach. Wenn sie besser über die Konsequenzen ihrer Handlungen nachgedacht hätten, dann hätten sie vielleicht einen anderen Weg gewählt.“

Er nickte einem Mann zu, der die Anlegestelle entlang humpelte und sagte dann:

„Locar war ein Seemann. Er wurde beim Stehlen erwischt und der Besitzer der Ware hat ihm beide Beine gebrochen und ihn über Bord geworfen.“

„Das ist ja furchtbar."

„Es ist ein Wunder, dass er überlebt hat", stimmte Boxtar ihr zu. „ Doch man muss auch bedenken, dass die Kapitäne dieser Schiffe einen Ruf haben, sehr rücksichtslos und unbarmherzig zu sein, und er hat es trotzdem versucht."

Er schaute hinab zu der Stelle am Schiff, wo Kahil und ein weiterer Mann angefangen hatten, Kisten mit Tieren auszuladen, die nicht wirklich Hühner waren, aber eine Art ähnlicher Vogel.

„Das ist mein zweiter Versuch, hier Shuvus auf die Insel zu bringen. Letztes Mal hat eine kleine Gruppe an Männern entschieden, als die Vorräte knapp wurden, dass ihre Gier in dem Moment wichtiger war als die zukünftigen Nöte, und sie haben die Shuvus geschlachtet, um ein Festmahl zu haben."

Sie nickte. „Sie wollten die Hühner lieber als die Eier."

„Genau. Deshalb werde ich diesmal die Shuvus zu meiner Unterkunft mitnehmen und einen Wachmann aufstellen, sobald es enger mit den Vorräten wird." Er zögerte und sagte dann: „Ich meine, natürlich ich werde Vorkehrungen treffen, dass dann ein Wachmann angestellt wird, wenn es nötig wird."

„Bist du sicher, dass du den Winter in der Stadt verbringen willst?", fragte sie.

„So lange du dort bist, werde ich zufrieden sein."

„Das ist süß, aber nicht wirklich eine Antwort."

Was auch immer er als nächstes gesagt hätte, ging unter im Brüllen der Menge, und sie schaute hinüber und sah, dass einer der Brüder eine blutige Faust in die Höhe hielt.

„Es scheint wohl so, als ob Rata diesmal gewonnen hat", stellte Worvak fest, der sich gerade zu ihnen gesellte.

„Warum kämpfen die so?"

„Dummheit?" Worvak schüttelte den Kopf und sagte: „Vielleicht um ihre Überlegenheit zu beweisen. Allerdings sind sie einfach so ähnlich stark, dass es nie einen eindeutigen Sieger gibt."

Jetzt war ein Kreischen von unten zu hören und Boxtar schaute über die Seite des Schiffs nach unten uns seufzte: „Ich schaue besser mal nach, was da los ist. Bleib du hier, Pandora."

Sie sah den Blick, den er mit Worvak austauschte und vermutete, dass Worvak sicher stellen würde, dass sie wirklich hier bleiben würde, aber sie hatte auch kein Verlangen danach, sich unter die laute Männergruppe zu mischen, die gerade dem Sieger des Kampfes gratulierten und eifrig Bierkrüge leer soffen.

„Magst du es, hier den Winter zu verbringen, Worvak?"

Er zuckte mit den Schultern und sagte: „Hier ist es mir genauso recht wie überall sonst. Ich trainiere meine Kampffähigkeiten und bringe manchmal anderen etwas bei, wenn sie die nötige Disziplin haben. Manchmal gehe ich jagen." Er schaute zu ihr hinab und sie konnte seinen Gesichtsausdruck nicht deuten. „Es ist kein schlechtes Leben, auch wenn Boxtar wesentlich mehr verdient hätte."

„Ja, das sehe ich auch so." Er war jetzt auf dem Ladeplatz vor dem Schiff und stritt sich mit einem Mann, der versuchte, eine Kiste mit Vögeln zu nehmen. „Glaubst du, er will den Winter in der Stadt verbringen?"

„Das weiß ich nicht“, sagte Worvak langsam. „Er fühlt sich verantwortlich für diese Insel.“

„Warum?“

„Teilweise deshalb, weil wir hier Unterschlupf gefunden haben, als wir auf Maskah angekommen sind.“ Er schaute sie ernst an und fragte:

„Er hat dir von Folsom erzählt, oder nicht?“

„Ja, hat er.“

„Es war... schwierig, als er plötzlich frei war. Er konnte nicht in das Leben zurück kehren, das er einst gehabt hatte, aber er ist auch nicht der beste Kandidat für ein Leben auf der Flucht. Wir hatten ein paar schwierige Jahre, bevor er das akzeptiert hat.

Wir sind auf diesen Planeten gekommen, um Problemen aus dem Weg zu gehen, aber wir hatten vermutet, dass man uns verfolgt hatte.”

„Ihr wurdet verfolgt?”

„Oh ja. Es war eine Belohnung auf seinen Kopf ausgesetzt.“ Er grinste kämpferisch und zeigte seine Reißzähne, als er sagte: „Wir haben diese akute Bedrohung dann ausgeschaltet, dann sind wir hierher auf die Insel gekommen, um weitere Probleme zu vermeiden.“

Ihr tat das Herz weh, als sie wieder zu Boxtar hinab schaute. Der Streit schien vorüber zu sein und er klopfte dem Mann, mit dem er gestritten hatte, auf die Schulter.

„Sind die immer noch hinter ihm her?“

Worvak zuckte mit den Schultern und sagte: „Wenn du wissen willst, ob das Kopfgeld für ihn noch aktiv ausgeschrieben ist, das kann schon sein. Aber bisher ist sonst niemand mehr auf Maskah aufgetaucht, und der Mann, der für seine Verhaftung verantwortlich war, ist inzwischen tot."

„Heißt das, dass er den Planeten verlassen könnte?"

„Er ist noch immer ein geflohener Häftling. Und da sein Ankläger tot ist, glaube ich kaum, dass es einen Weg gibt, seine Unschuld noch zu beweisen." Worvak zuckte erneut mit den Schultern und sagte: „Auf dieser Reise jetzt war er wesentlich zufriedener, als ich ihn je zuvor seit dem Gefängnis gesehen habe. Ich glaube, ihm wird nichts etwas ausmachen, solange ihr beide zusammen bleibt."

Hörte sie da einen fragenden Unterton in seiner Stimme?

„Ich habe nicht vor, ihn zu verlassen", sagte sie deutlich. „Aber ich werde auch meine Freundinnen nicht im Stich lassen."

„Das ist eine ehrenwerte Entscheidung", sagte der große Krieger.

„Du hast gesagt, dass er sich zum Teil so verantwortlich fühlt, weil ihr hier Unterschlupf gefunden habt. Was gab es noch für Gründe?"

„Es liegt in seiner Natur, zu beschützen und anzuführen. Er würde das leugnen. Er glaubt, dass der Teil von ihm im Gefängnis gestorben ist, aber da hat er Unrecht."

Sie erinnerte sich daran, wie er auf ihrer Reise nach Almadin mit seinen Männern umgegangen war, und wenn sie ihn jetzt beobachtete, wie er mit Kahil lachte, musste sie Worvak zustimmen. Sie beugte sich über die Brüstung und winkte Boxtar zu. Er schaute hoch und grinste, doch kurz darauf rannte eine große, blauhäutige Frau auf ihn zu und warf ihre Arme um seinen Hals.

Was zur Hölle? Sie mochte es nicht, sich unflätig auszudrücken, aber diese Umstände verlangten nach kräftigen Worten und sie fragte Worvak: „Wer zur Hölle ist das?"

Einzig und allein die Tatsache, dass Boxtar selbst versuchte, sich aus der Umarmung zu befreien, hielt sie davon ab, hinab zu stürmen und der Frau an den Haaren zu ziehen….Oder es zumindest zu versuchen, denn wenn sie so sah, wie sportlich und schlank die Frau aussah, und dass sie eine regelrechte Waffensammlung an ihrem Gürtel trug, dann wäre das vielleicht schwierig.

Worvak seufzte. „Sie wird Lady Jay genannt. Auch wenn sie nicht wirklich adlig ist", fügte er hinzu.

„Sind die beiden… ich meine…waren sie mal zusammen?"

„Ich glaube nicht."

Da Worvak Boxtar recht engmaschig überwachte, tröstete sie das ein wenig. Aber sie mochte es trotzdem nicht, dass die Frau Boxtar so nahe zu stehen schien, und ihre Hand lag noch immer auf seinem Arm, während sie aufgeregt auf ihn einredete.

„Sie hat allerdings ihr Interesse bekundet", fügte Worvak hinzu, im selben Moment, als die Frau regelrecht erstarrte.

Lady Jay drehte sich um und schaute hoch zum Schiff, ihr Blick fiel sofort auf Pandoras Gesicht. Pandora lief es eiskalt den Rücken hinunter. Wenn Blicke töten könnten, dann wäre sie soeben tot umgefallen.

„Es wäre vielleicht besser, wenn du ihr aus dem Weg gehst", riet Worvak ihr unnötigerweise.

„Das klingt nach einem guten Plan. Aber brechen wir nicht sowieso gleich wieder auf?"

„Wir müssen warten, bis die Gezeiten günstig stehen." Worvak schaute stirnrunzelnd hoch zum Himmel. „Diese Wolken gefallen mir gar nicht. Hoffentlich hält das Wetter noch."

„Wie lange müssen wir warten, bevor wir losfahren?"

„Bis zum Abend. Ich habe keinerlei Zweifel, dass Boxtar diese Zeit nutzen will", fügte er trocken hinzu.

Sie folgte seinem Blick und sah, dass Boxtar zum Schiff zurück kam und die Frau alleine stehen ließ. Ihre Hände waren in ihre schmalen Hüften gestemmt und sie starrte Pandora wütend an. Pandora erschauderte nochmal, doch dann drehte sie der Frau bewusst den Rücken zu und ging Boxtar entgegen.

KAPITEL SECHZEHN

„Komm mit", sagte Boxtar, als sie vom Schiff gingen. „Ich will dir mein Haus zeigen."

Sie nahm seine Hand und folgte ihm durch das Dorf. Sie schaute sich neugierig um und ihr positiver erster Eindruck änderte sich nicht. Die Gebäude waren hauptsächlich aus Holz und Stein gefertigt und die meisten schienen sauber und in gutem Zustand zu sein. Da hier alles in einem ähnlichen Stil gehalten war, fühlte sich das Dorf etwas harmonischer als die Stadt an. Erst als sie einen kleinen Hügel hoch liefen, der aus dem Dorf führte, fiel ihr etwas Seltsames auf.

„Gibt es hier keine Frauen?" Dann fügte sie schnippisch hinzu: „Außer deiner Lady Jay natürlich."

„Sie ist nicht meine, kleine Argal, zieh deine Krallen wieder ein. Und doch, es gibt sehr wohl Frauen hier, aber weniger als Männer."

„Wer sind sie? Sind die auch auf der Flucht?"

Er zuckte mit den Schultern und sagte: „Manche von ihnen. Andere sind wegen ihrer Partner hier. Und manche verdienen hier ihr Geld."

„Warum vermute ich, dass das nicht heißt, dass sie eine Wäscherei betreiben?", fragte sie trocken und er lachte und sagte: „Du hast wie immer recht. Es gibt ein Bordell am anderen Ende des Hafens. Stört dich das?"

„Nein, eigentlich nicht. So lange die Frauen dort freiwillig arbeiten."

„Selbstverständlich."

„Arbeitet Lady Jay dort?", fragte sie und wusste, dass sie unnötig stutenbissig war.

Er schüttelte den Kopf und sagte: „Nein. Sie betreibt ein Schiff." Seine Lippen zuckten. Sie fragte: „Ein Fischerboot?"

Er zuckte erneut mit den Schultern und sagte: „Im Winter schon, weil nur die Gewässer direkt an der Insel zugänglich sind zu der Jahreszeit."

„Und im Sommer?"

„Ist sie Piratin."

„Das hätte ich wissen müssen", murmelte sie, aber fragte jetzt nicht mehr weiter nach, weil sie ihre Energie für den Aufstieg brauchte.

Gerade als sie sich zu fragen begann, wie viel weiter es wohl noch bergauf ging, gingen sie um eine Kurve und Boxtar öffnete ein Tor in einer Steinmauer und führte sie hindurch. Sie liefen durch einen Bereich, der eindeutig für Tiere angelegt war, und dann schritten sie durch einen Torbogen und erreichten eine lange steinerne Veranda. Ein genauso langes, niedriges Steingebäude führte hinaus auf diese Veranda und sie starrte das Haus überrascht an und fragte:

„Das ist dein Haus? Ich dachte, du hast gesagt, dass du keinen Besitz hast?"

„Es ist eine sehr bescheidene Unterkunft", versicherte er. „Es sieht größer aus, als es ist, weil es nur die Breite eines einzigen Zimmers hat." Er führte sie durch zwei große Eingangstüren in eine große Küche mit Steinboden, in deren Mitte ein großer Holztisch stand.

„Das hier war das Originalhaus. Ich habe inzwischen ein bisschen angebaut." Er zeigte auf eine Seite des Raumes und sagte: „Worvaks Unterkunft ist durch diese Tür dort."

Irgendwie war sie nicht überrascht, dass Worvak hier lebte, aber...

„Lebt der Rest der Bande auch hier?"

„Nein. Gazar hat ein Zimmer über der Taverne. Er sagt, er mag, dass es dort belebt ist. Housen hat ein kleines Büro und eine Privatunterkunft über dem Büroraum."

„Warum braucht er ein Büro?"

„Er war mal ein Mediziner und die Leute hier kommen zu ihm, wenn sie ärztliche Hilfe brauchen."

Sie nickte nachdenklich. Sie konnte sich den wissbegierigen und fleißigen Mann gut als Arzt vorstellen.

„Und Kahil?"

„Er lebt auch hier, aber nicht im Haus. Er hat Zimmer über den Ställen auf der anderen Seite des Grundstücks, wo die Mori untergebracht sind."

Auch das überraschte sie nicht besonders, da der junge Mann so gut mit den Tieren umging.

„Jetzt komm und schau dir den Rest an."

Als nächstes betraten sie ein großes Wohnzimmer, das genauso groß war wie die Küche. Hier gab es eine Feuerstelle und bequem aussehende Möbel. Das nächste Zimmer war schmal und schlauchförmig mit Fenstern an beiden Seiten. An einem Ende stand ein Schreibtisch, von dem man auf das Dorf hinab blickte, und am anderen Fenster stand ein vollgeladener Sessel. Die langen Wände hatten alle regalartige Installationen, in denen viele Fächer waren. Sie brauchte einen Moment, um zu kapieren, dass sie voller Schriftrollen waren. Sie kreischte erfreut auf.

„Das ist eine Bibliothek."

Er lachte, als sie sich so freute. „Das ist es. Ich habe natürlich auch ein Datenpad, aber darauf kann man keine zusätzlichen Informationen laden, wenn man erst mal hier auf der Insel ist. Mit der Elektrizität ist es auch manchmal schwierig, besonders während den Stürmen.

„Das macht doch nichts. Ich liebe diesen Raum und die Bibliothek."

„Dann gehört das alles dir." Schnell fügte er hinzu „Solange wir hier sind. Ich weiß, dass wir nicht bleiben können, aber vielleicht können wir in Almadin einen Ort finden, der einen ähnlichen Raum hat."

„Vielleicht", sagte sie zustimmend und schaute sich noch immer in der Bibliothek um. Ich wünschte, wir müssten nicht zurück gehen, dachte sie und fühlte sich dann sofort schuldig. Auch wenn sie sich jetzt schon gern gemütliche Abende hier im Haus vorstellte, so hatte sie die Verpflichtung, ihren Freundinnen zu helfen.

„Willst du den Rest des Hauses überhaupt noch sehen?“, fragte er neckisch. „Oder willst du am liebsten einfach hier bleiben?“

„Ich glaube, ich will den Rest auch noch sehen“, gab sie zu und ließ sich von ihm aus der Bibliothek führen.

Als nächstes kamen sie in ein großes Badezimmer und sie freute sich sehr zu sehen, dass es scheinbar moderne Leitungen hatte. Eine große Badewanne stand an einem Fenster, von dem man das Tal und den Hafen am Fuße des Berges überblickte. Das letzte Zimmer war das Schlafzimmer, das an drei Seiten Fenster hatte und somit nicht nur die Aussicht auf den Hafen und das Dorf bot, sondern auch auf die bewaldeten Berge, die hoch führten zu der großen Bergkette, die die Insel umgab.

Etwas kahl hier, aber ein schöner Teppich und ein paar bunte Kissen würden das schon ändern, dachte sie und ermahnte sich dann, langsam mit ihren Inneneinrichtungsplänen zu machen. Dafür waren sie nicht lange genug hier.

Aber vielleicht sollten sie im Frühjahr zurück kommen.

„Und das hast du alles selber gebaut?“

„Nicht alles. Wie gesagt, das Küchengebäude war schon hier, auch wenn es ein wenig herunter gekommen war. Und ein paar der Außengebäude waren auch schon da. Aber den Rest habe ich gebaut, mit Hilfe meiner Männer.“

„Auch Worvak hat geholfen?“

Er lachte und schüttelte den Kopf. „Es macht ihm nichts aus, Steine herum zu tragen, aber er hat nie ganz das Prinzip durchschaut, wie man eine Steinwand baut.“ Er zuckte mit den

Schultern und sagte dann: „Es gibt hier sonst im Winter wirklich nicht viel zu tun. Es gibt einen warmen Fluss, der auf der anderen Seite der Insel entlang fließt, deshalb schneit es hier nicht so viel und wir können an den meisten Tagen draußen sein."

Sie umarmte ihn und es gefiel ihr sehr, wie er sie sofort an sich zog. Sie fragte:

„Worvak hat gesagt, dass wir mit der Abendflut aufbrechen, stimmt das?"

„Das ist unser Plan." Besorgt schaute er aus den Fenstern und sagte: „So lange es nicht stürmt. Das Unwetter kommt von Süden, so lange wir los kommen, bevor das hier ankommt, sollten wir sicher in die Stadt zurückkehren können."

„Dann würde ich den Nachmittag gerne damit verbringen, in deinem Haus zu leben. Ich weiß, dass wir nicht lange hier sein werden, aber es wird bestimmt Spaß machen."

„Bist du sicher? Wir könnten auch das Dorf erkunden oder etwas Essen gehen, dass du nicht zubereiten musst?"

„Ein andermal", flüsterte sie und legte ihre Hand auf seinen Penis. Obwohl er sich mit Worten ein wenig wehrte, war er schon hart und bereit für sie.

Sie öffnete seine Hose und glitt mit ihrer Hand hinein. Sie freute sich, wie die Papillae sich anfingen zu bewegen, als sie ihn berührte. Sie führte ihn zum Bett hinüber und zog seine Hose hinunter, als er sich hinsetzte, dann kniete sie sich vor ihn.

Er sah sie überrascht an und fragte: „Was machst du da?.... Oh, Scheiße."

Er erschauderte vor Lust, als sie einen lange, feuchte Spur entlang seiner Erhöhungen leckte und dann ihre Zunge um den Kopf seines Penis wirbelte. Seine Papillae bebten und begannen sich zu entfalten. Sie zögerte kurz, aber sie wollte ihm Lust bereiten. Sie leckte erneut an ihm und freute sich, dass er so süß und kräftig schmeckte, wie er auch roch. Dann schloss sie vorsichtig ihren Mund über seine Spitze. Die Ranken der Papillae bebten und entfalteten sich dann und streichelten die Innenseite ihres Mundes entlang. Sie wickelten sich um ihre Zunge und das fühlte sich fast genauso aufregend an wie in ihrer Vagina.

Warum hatte sie so lange gewartet damit, das auszuprobieren?

„Scheiße, du schmeckst so gut", murmelte er und vergrub seine Finger in ihren Haaren.

Es war so seltsam und so wundervoll, dass er sie gleichzeitig schmecken konnte wenn sie ihn schmeckte. Da er nicht wie ein menschlicher Mann ausgestattet war, wusste sie nicht, was ihm gefallen würde, aber sie versuchte ein sanftes Saugen und er stöhnte vor Lust.

Doch nicht so anders, dachte sie zufrieden und begann ihn weiter durch Lecken und Saugen zu erforschen, hier und da sogar durch leichtes Kratzen mit ihren Zähnen an seinen Erhebungen. Er liebte alles davon und ermutigte sie, als sie mehr von ihm in sich aufnahm. Kleine, süße Tropfen fielen auf ihre Zunge, seine Muskeln spannten sich an und schließlich brüllte er vor Lust und explodierte in ihrem Mund.

Gierig schluckte sie die unfassbar süße Flüssigkeit hinunter und leckte ihn zum Abschluss noch ein paar mal ruhig ab. Dann setzte sie sich auf ihre Fersen und grinste ihn an.

„Du bist die perfekte Frau", sagte er feierlich.

„Ich glaube, das sagen alle Männer nach einem Blowjob," foppte sie ihn.

„Perfekt", wiederholte er bestimmt und hob sie so schnell aufs Bett, dass sie seine Arme nicht einmal hatte kommen sehen. „Und jetzt bin ich dran, jeden Zentimeter von dir zu erforschen."

Er war ein Mann seines Wortes.

Wesentlich später schaute sie schläfrig zu, als er aufstand und sich räkelte. Gott, sah er gut aus, wenn er nackt war! Die Struktur seiner goldenen Haut betonte all die kräftigen Muskeln und sie fragte ihn: „Musst du denn gehen?"

„Ich habe Worvak versprochen, dass ich mit ihm die Liste durchgehen würde, sobald alles ausgeladen ist und wir bestätigen, wo alles untergebracht wird."

„Ich könnte mitkommen."

„Das brauchst du nicht. Bleib hier und ruhe dich aus oder nimm ein Bad. Ich werde so bald wie möglich wieder hier sein. Würdest du gern etwas zu Essen in einer der Tavernen probieren, bevor wir die Segel hissen?"

Sie hatte irgendwie gar keine Lust, sein Haus zu verlassen. Wenn sie nicht um die Sorge mit dem Sturm gewusst hätte und sich nicht Gedanken um Quinn machen würde, dann hätte sie vorgeschlagen, noch mindestens einen Tag länger hier zu bleiben.

„Wenn wir genug Zeit haben, kann ich dann nicht hier etwas kochen? Es wäre schön, nach der winzigen Kombüse mal eine große Küche zur Verfügung zu haben."

„Wenn du das lieber möchtest, dann sollten wir dafür schon Zeit haben. Ich werde mal nachschauen, was ich da habe und ob ich ein paar Lebensmittel besorgen muss."

Leider war er inzwischen angezogen, kam aber zurück zum Bett und lächelte sie an, bevor er sagte: „Da du aber aus Trockenfleisch und ein paar Getreidekörnern ein leckeres Essen gezaubert hast, bin ich mir sicher, dass du so oder so klar kommst."

„Wenn ich muss, dann schon", stimmte sie zu. „Aber es wäre auch schön, zur Abwechslung ein paar frische Lebensmittel zu haben."

„Ich werde sehen, was ich einrichten kann", versprach er. Dann küsste er sie und verließ das Haus.

Das Haus war still und das Schlafzimmer hell und warm, doch auch wenn sie eigentlich ein Nickerchen machen wollte, so konnte sie doch nicht einschlafen. Sie setzte sich auf und schaute in das helle Sonnenlicht, das durch die unbedeckten Fenster hinein schien. Sie sah eine Reihe Wolken am Horizont, aber es schien fast unmöglich zu glauben, dass ein Sturm auf dem Weg hierher war.

Da Worvak und Boxtar aber wesentlich mehr Erfahrung als sie hatten, musste sie deren Einschätzung des Wetters vertrauen. Sie seufzte und entschied sich dazu aufzustehen.

Das Wasser in der Dusche war kalt, also gab sie sich mit einer Katzenwäsche zufrieden und zog sich dann schnell wieder an, um sich in der Küche genauer umzusehen. Die Schränke waren nicht leer, aber sie enthielten nur Vorräte, die lange haltbar waren, wie zum Beispiel getrocknetes Getreide, Bohnen und auch etwas verschrumpeltes Wurzelgemüse. Sie starrte das Gemüse nachdenklich an und dachte darüber nach, ob es eine gute Idee war, ein paar davon vorsorglich zu kochen, als plötzlich ein Schatten über den Raum fiel.

Es lief ihr eiskalt den Rücken hinunter und sie schaute zu den Fenstern hinüber. Die Wolken waren jetzt wesentlich näher gerückt und begannen die Sonne zu verdecken. Vielleicht sollten sie doch direkt zum Schiff zurück gehen, sobald Boxtar zurück kam.

Mit einem Seufzen legte sie das Wurzelgemüse wieder in den Schrank.

„Ach nee. Du siehst aber heimelig aus hier."

Die kühle Stimme sandte ihr erneut einen Schauer den Rücken hinab und sie drehte sich um und sah, dass Lady Jay in der offenen Türe stand.

KAPITEL SIEBZEHN

Pandoras Herz pochte heftig, als sie zu der Frau in der Tür schaute: Sie sah schlank, schön und tödlich aus, wie ein Schwert in Personenform.

„Falls du Boxtar suchst, der ist nicht hier." Ihre Stimme klang wesentlich ruhiger als sie sich fühlte.

„Das weiß ich. Ich suche nicht ihn. Ich wollte mit dir sprechen."

Die Frau lief elegant in die Küche hinein und legte eine kleine Tasche auf den Tisch. Als Pandora den Beutel nervös betrachtete, lachte Lady Jay und sagte: „Keine Sorge. Das ist keine Bombe. Es ist eher ein...Friedensangebot."

„Was soll das heißen?", fragte Pandora.

Die Frau zuckte mit den Schultern und sagte: „Boxtar hat mir gesagt, dass du seine Partnerin bist."

„Das hat er gesagt?" Ein warmes Glücksgefühl breitete sich in ihrer Brust aus. Er hatte die Worte tatsächlich noch nie ihr gegenüber ausgesprochen, auch wenn er sich sicherlich so verhalten hatte, als ob sie in einer Lebenspartnerschaft waren.

„Hat er. Da du deshalb eine dauerhafte Bewohnerin unserer Insel sein wirst, dachte ich, dass das ein angemessenes Geschenk wäre."

Lady Jay griff in den Beutel und zog etwas hervor, was fast exakt wie ein Apfel aussah. Die Frucht leuchtete rot und grün und ein köstlicher Geruch erfüllte den Raum.

„Was ist das?"

„Wir nennen es einen Almant. Soweit wir herausfinden konnten, ist Sekala der einzige Ort, an dem diese Frucht wächst. Deshalb dachte ich, es wäre ein angemessenes Geschenk."

Was für eine nette Idee. Sie entspannte sich etwas und lächelte Lady Jay an.

„Das ist sehr lieb von dir. Ich mag Obst."

Der Blick der Frau wanderte über Pandors Körper und mit angehobener Augenbraue sagte sie: „Das dachte ich mir schon".

Die Worte hätten herablassend gemeint sein können, aber Pandora glaubte, dass die Frau tatsächlich eifersüchtig auf ihren Körper schien.

„Möchtest du dich setzen? Ich habe etwas gefunden, von dem ich glaube, dass es Tee ist, wenn du gern eine Tasse hättest."

„Tee?" Lady Jay lächelte sie aufrichtig an und sagte: „Das wäre das erste Mal für mich, aber warum nicht?"

Pandora hatte schon bei ihrer vorherigen Erkundungstour den Wasserkocher und Tassen ausfindig gemacht und es brauchte nicht lange, den Tee zuzubereiten. Lady Jay schaute ihre Tasse fasziniert an, dann schlürfte sie vorsichtig daran.

„Und, wie findest du ihn?“

Lady Jay zuckte mit den Schultern und sagte: „Kein Ersatz für Bier, aber nicht schlecht.“ Pandora lachte und nahm einen Schluck aus ihrer eigenen Tasse. Definitiv nicht schlecht.

„Du bist sehr attraktiv“, sagte die andere Frau plötzlich zu ihr.

Sie wusste nicht, wie sie darauf reagieren sollte. „Ähm, danke? Du auch“, sagte sie ehrlich.

„Das wurde mir auch schon gesagt. Aber Boxtar bevorzugt dich.“

„Es tut mir leid, wenn dich das traurig macht, aber ich muss zugeben, dass es mich sehr glücklich macht.“

Lady Jay lachte und nahm noch einen Schluck Tee. Der köstliche Duft des Almants erfüllte die Küche noch immer und Pandora griff danach.

„Du musst ihn nicht jetzt essen“, sagte Lady Jay schnell und Pandora lächelte sie an und sagte: „Warum nicht? Es war ein sehr nettes Geschenk.“

Sie biss kräftig hinein und seufzte vor Genuss. Wie lange war es her gewesen, dass sie etwas frisches zu Essen gehabt hatte?

„Er könnte dir Magenschmerzen bereiten, wenn du die Frucht nicht gewohnt bist“, sagte Lady Jay.

„Sei nicht albern. Obst hat noch nie jemandem geschadet.“

Sie nahm noch ein paar Bisse, doch dann entschied sie sich, den Rest für Boxtar aufzuheben. Sie legte die Frucht auf einen Teller und deckte sie behutsam ab.

Als sie zum Tisch zurück ging, schwankte sie ein wenig und schaute Lady Jay entschuldigend an: „Tut mir leid. Ich glaube, ich habe meine Beine noch nicht wieder ganz unter Kontrolle an Land. Auch wenn das ja gar nicht nötig ist, weil wir heute Abend wieder losfahren."

„Ihr fahrt heute Abend wieder?"Lady Jay sah völlig entsetzt aus.

„Ja, hat Boxtar dir das nicht gesagt?"

„Nein. Er hat nur gesagt, dass er seine Partnerin nach Hause bringt. Ich dachte, ihr wärt den ganzen Winter hier."

„ Er bringt seine Partnerin nach Hause", wiederholte Pandora und ihre eigene Stimme klang langsam und gedämpft. „Das ist so schön."

Der Raum schien sich unter ihrem Stuhl zu drehen und sie legte sich auf den Tisch, als ihre Augen ganz schwer wurden und murmelte:

„Ich werde nur ein kleines Nickerchen machen."

„Scheiße, was habe ich nur getan?"

Sie versuchte auf Lady Jays Frage zu antworten, aber ihr Mund schien nicht zu funktionieren. Dann hörte sie eine neue Stimme, eine männliche Stimme. Sie schaffte es aber nicht ihren Kopf zu drehen um zu sehen wer es war.

„Und? Ist es erledigt?"

„Sie ist bewusstlos, aber ich habe meine Meinung geändert."

„Was soll das heißen, du hast deine Meinung geändert? Wir hatten eine Abmachung."

„Sie bleiben nicht hier. Sie segeln heute Abend wieder. Ich hätte sie gar nicht unter Drogen setzen müssen."

Mich unter Drogen setzen? Die Worte sickerten ganz langsam in Pandoras nebliges Bewusstsein.

„Du schuldest mir trotzdem was."

„Okay", fauchte Lady Jay. „Komm morgen zum Schiff und ich werde dich bezahlen."

„Das war nicht, wie du versprochen hattest zu bezahlen."

Lady Jay lachte, und es klang sehr verachtungsvoll, so dass es sogar zu Pandora durchdrang.

„Das habe ich nie gesagt, Durva, und das weißt du auch. Du bist nicht mein Typ."

Dann hörte sie einen heftigen Knall und wie etwas auf dem Boden aufschlug.

„Du bist auch nicht mein Typ", knurrte Durva. „Vor allem nicht, wenn ich eine Frau mit echten Titten für mich haben kann."

Sie spürte, wie sich schmerzhaft ein paar Hände in ihre Seiten bohrten, und sie wurde aus dem Stuhl gerissen und auf ihren Rücken auf den Tisch geworfen. Ihre Augen waren halb geöffnet, genug, dass sie das lüsterne Gesicht eines fremden Aliens sehen konnte. Er sah wie einer der hornbesetzten lila Männer aus, die am Hafen miteinander gekämpft hatten, aber sie glaubte nicht, dass es einer der beiden Brüder war.

Er schaute ihr nicht ins Gesicht. Er konzentrierte sich nur auf ihre Brüste.

Er leckte sich die Lippen und riss ihre Tunika auf, dann packte er sie und seine Finger schlossen sich schmerzhaft um ihre weichen Brüste. Ein erstickter Versuch der Gegenwehr kam ihr über die Lippen und er schaute jetzt doch in ihr Gesicht und sagte:

„Du bist noch bei Bewusstsein. Gut. Das wird die Sache ein wenig interessanter machen.“ Er quetschte wieder an ihren Brüsten herum und schaute dann stirnrunzelnd zur offenen Tür. „Interessant genug, dass es eine Weile dauern wird und ich will nicht unterbrochen werden. Du kommst wohl besser mit mir mit.“

Sie versuchte sich zu wehren, aber ihre Stimme gehorchte ihr nicht und sie bezweifelte sowieso, dass es geholfen hätte.

Er hob sie hoch, warf sie sich achtlos über die Schulter und ging zur Tür.

Als er das tat, sah sie, dass Lady Jay zusammengekrümmt auf dem Boden lag und Blut unter ihrem Kopf hervor lief.

Oh nein. Sie mussten Hilfe für sie holen.

Erneut versuchte sie zu sprechen, aber der Mann schubste sie nur weiter über seine Schulter. Der harte Muskel drückte sich schmerzhaft in ihren Bauch und das gab ihr den Rest: Sie wurde bewusstlos.

Als sie aufwachte, lag sie auf einer harten Unterlage und ihr Körper lag in einer seltsamen Haltung gekrümmt da. Ihre Gliedmaßen fühlten sich noch immer schwer und lethargisch an, aber glücklicherweise fühlte ihr Kopf sich wieder normal an und sie konnte klar denken.

Sie erinnerte sich an Durvas Drohungen und öffnete vorsichtig ein Auge ein Stück weit. Ihre heruntergekommene Umgebung sah eher aus wie das, was sie sich vorgestellt hatte, als Boxtar davon gesprochen hatte, eine bescheidene Unterkunft zu haben. Das Gebäude war eher eine Art Schuppen und sie sah deutliche Lücken zwischen den vertikal angeordneten Holzbrettern, aus denen die Wände bestanden. Ein stumpfes, gelbliches Licht kam von irgendwo hinter ihr, aber sie konnte in keiner der Wände Fenster sehen. Selbst in diesem schlechten Licht konnte sie die Stapel an Ramsch sehen, der hier herum lag. Die meisten davon waren von einer dicken Schicht aus Spinnweben und Staub überzogen, aber sie sah keine Spur ihres Entführers.

Sie konnte auch nichts hören, aber bezweifelte, dass er weit weg war. War er irgendwo hinter ihr? Sie hielt den Atem an und lauschte, ob sie irgendwo jemanden atmen hören konnte, aber sie hörte nichts. Wenn er nicht in dem Schuppen war, dann könnte sie vielleicht abhauen. Ich brauche einen Plan, dachte sie und schaute sich nochmal um. Die Spalten in den Wänden waren zu schmal um durch zu kommen, aber die Bretter selbst waren überraschend breit. Wenn sie eines davon herausbrechen konnte, dann könnte sie durch die Öffnung entkommen.

Es wäre schön gewesen zu wissen, was draußen auf sie wartete, aber das sollte sie jetzt nicht aufhalten. Sie öffnete ihre Augen komplett, aber sie konnte in ihrem eingeschränkten Blickfeld noch immer kein Anzeichen von Durva sehen. Sie bewegte sich so langsam und leise sie konnte und ruckelte ihren Körper der Lichtquelle hinter sich entgegen. Sie tat ihr Bestes, so auszusehen, als ob sie sich gar nicht bewegt hätte, während sie weiter rutschte, bis sie sehen konnte, dass das Licht aus einer offenen Tür kam.

Durva saß auf einem schiefen Stuhl direkt vor der Tür und ihr Herz fing an wie wild zu schlagen. Sie hatte zwar vermutet, dass er in der Nähe war, aber als sie sah, wie nah er bei ihr war, wollte sie noch dringender abhauen.

Der irgendwie ekelhafte Gelbton des Lichts war auch am Himmel zu sehen und sie sah besorgt nach oben. Das letzte Mal, dass sie so eine Farbe am Himmel gesehen hatte, war kurz vor einem Tornado gewesen. Darüber kannst du dir später Gedanken machen. Die Schuppenhütte musste irgendwo hoch oben auf einem der Berge sein; sie konnte nämlich unter sich den Hafen und das Meer sehen. Selbst von hier aus sah sie die weißen Schaumkronen auf dem Wasser. Der Himmel schien sich bedrohlich über die Insel abzusenken, schwere, graue Wolken rollten auf sie zu. Der Sturm war fast da und sie musste vor Durva fliehen, bevor das Wetter umschlug.

Sie hatte Angst aufzustehen und seine Aufmerksamkeit damit auf sich zu ziehen, also griff sie hinter sich und drückte vorsichtig an einem der Bretter. Es machte ein quietschendes Geräusch und sie erstarrte, aber Durva bewegte sich nicht. Das Brett hatte sich aber auf jeden Fall bewegt. Sie bekam die Kante zu fassen und zog es diesmal zu sich: Diesmal schaffte sie es, das Brett einige Zentimeter vom Rest der Wand weg zu bewegen. Sie beobachtete Durva, als sie erneut daran zog, diesmal kräftiger.

Als sie sah, dass er sich eine Flasche an den Mund hob wurde ihr noch mulmiger zumute. Nüchtern war er ekelhaft genug gewesen, sie wollte gar nicht wissen, wie er betrunken so drauf war. Konzentriere dich einfach darauf, davon zu kommen.

Ein lautes Donnergrollen jagte durch das Tal und sie nutzte den Krach, um so fest sie konnte an dem Brett zu ziehen. Der untere Teil hatte sich komplett gelöst und sie umfasste das

Brett fester und betete, dass es nicht auf sie fallen würde. Der obere Teil blieb befestigt und jetzt rutschte das Brett wieder vor die Stelle zurück, aus der sie es gezogen hatte.

Durva hob erneut die Flasche und sie sah, dass er sie fast leer getrunken hatte. Sie hatte nicht mehr viel Zeit. Sie ließ ihn nicht aus den Augen und stand vorsichtig von der Bettpritsche auf. Ein kalter Luftzug pfiff ihr über die Brust und sie schaute an sich hinab und erinnerte sich daran, dass er ihre Tunika zerrissen hatte. Den roten Kratzern auf ihrer Haut nach zu urteilen hatte er sie wohl nochmal betatscht, nachdem er sie hierher gebracht hatte. Ihr wurde übel bei der Vorstellung, aber sie hatte immerhin noch ihre Hose an, er hatte sich wohl bisher nur an ihren Brüsten vergangen.

Weil er darauf wartet, dass ich aufwache.

Die Panik übte noch mehr Druck auf sie aus und sie hob den unteren Teil des Brettes von der Wand weg und begann sich durch die Lücke zu winden. Es war eng und die scharfen Kanten rissen an ihrer Haut. Sie hörte auch, wie ihr Oberteil noch weiter zerriss, aber der Donner war inzwischen fast durchgängig sehr laut zu hören.

Es kam keine Reaktion von vor der Hütte, also machte sie weiter. Mit einem letzten, verzweifelten Stoß rutschte sie durch die Lücke.

Sie war auf einer Seite der Hütte gelandet, nicht dahinter und sie sah sofort, dass es nicht viele Möglichkeiten gab, sich zu verstecken.

So sehr sie auch hinunter ins Tal wollte und Boxtar suchen, so wäre sie deutlich sichtbar auf dem Weg, der die Felder hinab führte. Sie entschied, dass es am klügsten war, hoch bis zur

Waldlinie zu laufen und so weit wie möglich von der Hütte weg zu kommen, bevor sie wieder in Richtung Tal lief.

Sie kauerte sich niedrig auf den Boden und bewegte sich in Richtung der Bäume. Sie war dankbar, dass ihre Beine jetzt wieder zu funktionieren schienen. Als sie ungefähr die Hälfte der Strecke geschafft hatte, hörte sie einen wütenden Schrei hinter sich.

Sie gab es auf, sich im Gras zu verbergen und rannte los, in der Hoffnung, dass sie ihn im Wald abschütteln konnte. Sie drehte sich nicht um, auch wenn sie ihn kommen hörte, und er brüllte ihr ekelhafte Sachen hinterher:

„Du willst Spielchen spielen, was, du verdammte Schlampe? Das wirst du bereuen, wenn ich dich wieder einfange."

Sie erreichte die Bäume und versteckte sich hinter dem größten, den sie finden konnte. Jetzt wagte sie es zum ersten Mal sich umzudrehen und sah, dass Durva über das Feld in ihre Richtung stolperte und schrie: „Du wirst mir nicht entkommen, du –"

Er konnte seinen Satz nicht mehr zu Ende bringen. Eine große, golden schimmernde Gestalt rammte ihn mit einem heftigen Brüllen und Durva lag auf dem Boden.

Boxtar. Gott sei Dank.

Durva versuchte schwankend wieder aufzustehen, aber obwohl er größer als Boxtar war, hatte er keine Chance. Ein wütender Schrei von Durva verwandelte sich in einen Schmerzensschrei und dann ein ekelhaftes Gurgelgeräusch; dann wurde Durvas Körper schlaff. Boxtar sprang hoch und suchte die Bäume nach ihr ab.

„Pandora!", brüllte er.

„Ich bin hier!“ Sie rannte ihm entgegen, als er seinen Kopf in ihre Richtung wandte, und dann lag sie lachend und schluchzend in seinen Armen.

„Du hast mich gefunden.“

„Ich werde dich immer finden. Ich liebe dich.“

Jetzt schluchzte sie noch mehr.

„Ich liebe dich auch.“ Jetzt sah sie erst, dass rotes Blut an seinem Mund zu sehen war. „Oh Gott, du bist verletzt.“

„Nein, bin ich nicht“, sagte er grimmig und ihr wurde klar, dass er seine tödlichen Reißzähne benutzt hatte, um Durva zu besiegen. Gut, dachte sie grimmig. Der Typ hatte es verdient.

Ein plötzlicher Windstoß umgab sie und hätte sie beide fast zu Boden geworfen. Direkt danach fielen plötzlich harte, gefrorene Regentropfen auf sie.

„Wir müssen uns einen Unterschlupf suchen“, sagte er grimmig und ging zurück zu Durvas Schuppen. „Leider ist das der nächstbeste Unterschlupf.“

Sie kamen an Durvas Leiche vorbei und obwohl Boxtar versuchte, ihren Blick abzuschirmen, sah sie die blutigen Überreste. Durvas Hals war herausgerissen worden. Sie schluckte und klammerte sich noch enger an Boxtar. Er hatte das getan, um sie zu beschützen und sie wusste, dass er ihr niemals weh tun würde.

Als sie fast bei der Hütte angekommen waren, kam ein weiterer heftiger Windstoß und hob das Dach von dem Schuppen komplett ab.

Boxtar fluchte, hob sie hoch und schützend in seine Arme und rannte los.

KAPITEL ACHTZEHN

Boxtar rannte zurück zu den Bäumen, als der Hagel immer schlimmer wurde. Sie hatten keine Zeit, es bis zurück zum Dorf zu schaffen, aber auch wenn die Bäume ihnen einen gewissen Schutz bieten würden, konnten sie den Wind und Hagel nicht komplett abhalten und es bestand das Risiko, dass Äste sie erschlagen könnten. Die Hagelkörner hämmerten auf seinen ungeschützten Rücken und da er ab und zu einen stechenden Schmerz und etwas Warmes spürte, vermutete er, dass er blutete, aber das war egal. Das Wichtigste war, dass er Pandora gefunden hatte.

Als er auf dem Weg zurück zum Haus war, war ihm Lady Jay entgegen gestolpert gekommen. Ihr war Blut das Gesicht hinunter gelaufen und er fragte:

„Was zur Hölle ist dir denn passiert?“

„Ich habe einen Fehler gemacht, einen schlimmen Fehler. Und jetzt hat Durva deine Frau.“

Ein Gefühl des Horrors hatte ihm das Blut in den Adern gefrieren lassen. Der große Mann war zwar nützlich, wenn es einen Job gab, für den man rohe Gewalt brauchte, aber sein Ruf was Frauen anging war so schlimm, dass selbst das Bordell ihm nicht erlaubte, das Haus zu betreten.

„Was soll das heißen, er hat sie?"

Sie schaute ihm nicht direkt in die Augen und sagte: „Ich hatte geplant, sie zu betäuben und sie von der Insel weg zu bringen. Aber Durva hatte scheinbar andere Pläne."

Betäuben? Er wollte alle Details wissen, aber das konnte warten. Am wichtigsten war es jetzt Pandora zu finden.

„Wo ist er? Wo würde er sie hinbringen? In sein Zimmer?"

„Weiß ich nicht. Ich glaube aber nicht, dass er da hin gehen würde. Aber er hat diesen alten Schuppen, oben auf dem Bergweg an der Südkante. Vielleicht ist er dort hin."

„Such Worvak.", befahl er ihr. „Sorge dafür, dass er eine Suchaktion startet. Er soll mit Durvas Unterkunft anfangen. Ich gehe zu dem Schuppen."

„Aber was ist mit dem Sturm?", rief sie hinter ihm her.

„Der Sturm ist mir scheißegal!", brüllte er und rannte in Richtung der Südkante.

Doch jetzt, wo er Pandora gefunden hatte und sie dem Sturm ausgesetzt war, war es ihm nicht mehr egal. Die Bäume um sie herum peitschten wild umher und neigten sich fast doppelt so tief wie sonst bei Wind. Das würde ihnen nicht genug Schutz bieten und ihm fiel nur eine einzige Alternative ein.

Er biss die Zähne zusammen und rannte auf den Felssteilhang zu, der an der einen Seite des Waldes war.

Während er rannte, versuchte er durch den heftigen Niederschlag irgendeine Art Schutzhöhle zu finden. Er konnte nur eine kleine Spalte im Fels sehen. Das war nicht viel, aber vielleicht genug um sie vor dem Wind und den herumfliegenden Trümmern zu schützen. Die kleine Lücke zwischen den Felsen führte weiter nach hinten, als er gesehen hatte, und führte in einen schmalen Tunnel in den Fels hinein.

Seine Hände zitterten, als er den Tunnel sah, aber das war eine Möglichkeit, Pandora zu beschützen. Er zwang sich, sie in den engen Gang hinein zu tragen, ein Schritt nach dem anderen, auch wenn er sich innerlich fühlte, als ob er in Treibsand versinken würde. Irgendwann waren sie weit genug drinnen, dass der Wind und der Regen nicht mehr bis zu ihnen vordrang.

„Gott sei Dank sind wir aus dem Sturm weg." Sie bewegte sich in seinen Armen und sagte: „Alles gut, du kannst mich jetzt absetzen."

„Ich glaube, das kann ich nicht." Seine Stimme klang erstickt und entfernt in seinen eigenen Ohren.

„Was soll das heißen, das kannst du nicht? *Ach so.* Ist es wegen der Höhle?", fragte sie behutsam.

Er nickte und konnte nicht sprechen. Sie hörte auf zu versuchen von ihm herab zu steigen. Stattdessen schlang sie ihre Arme um ihn und hielt ihn so fest sie konnte, während sie seinen Hals entlang küsste, hoch zu seinem Kiefer, bis sie seinen Mund erreicht hatte.

Er wusste, dass der Regen das Blut weg gespült hatte, aber er wollte trotzdem nicht, dass sie einen Mund küsste, der so viel Schaden angerichtet hatte.

Er drehte seinen Kopf zur Seite und sie erstarrte und fragte:

„Warum willst du nicht, dass ich dich küsse? Ist das wegen Durva? Weil er mich...angefasst hat?“

Die Frage drang durch seine eigenen Ängste durch und er knurrte:

„Natürlich nicht. Aber ich habe meinen Mund benutzt, um zu zerstören. Du solltest mich dort nicht küssen.“

„Quatsch. Du hast deinen Mund benutzt, um mich zu beschützen.“

Sie legte ihre kleinen Hände auf seine Wangen und drehte seinen Kopf zurück zu ihr, dann küsste sie ihn direkt auf den Mund. Etwas in ihm entspannte sich und trotz der Umstände lösten sich einige seiner angespannten Muskeln.

„Scheiße, hab ich dich lieb“, sagte er, als sie irgendwann ihre Münder voneinander lösten.

„Weiß ich. Das hast du doch schon gesagt.“

„Und du hast gesagt, dass du mich auch liebst.“

„Das tue ich. Und jetzt, wo wir wissen, dass wir uns lieben, hört das auch auf mit deinem Geschwätz, dass du mir nichts bieten kannst, okay?“

„Ihre Stimme klang unbeschwert, aber er konnte hören, dass sie es ernst meinte. Er wollte ihr zustimmen, aber...

„Ich habe dir aber nichts zu bieten.“

„Jetzt sei nicht albern. Mal ganz abgesehen von deinem sehr attraktiven Körper, deinen sehr kräftigen natürlichen Waffen und deinem wundervollen Penis hast du auch ein schönes Haus. Mit einer *Bibliothek*.“

„Eine Bibliothek ist wichtig", stimmte er ihr zu und lächelte. „Aber die Bibliothek ist auf einer abgelegenen Insel voller Tunichtgute."

„Sie ist auf einer schönen Insel und ich bin mir sicher, dass die Leute hier sehr freundlich sein werden, wenn ich sie erst mal kennen lerne. Wenn nicht, dann werde ich einfach dich schicken, sie zu besuchen. Und vielleicht Worvak."

Er lachte und sagte: „Ich brauche Worvak nicht, um dich zu beschützen."

„Das weiß ich", sagte sie und küsste ihn nochmal.

Trotz der unwirtlichen Umgebung reagierte sein Körper darauf. Sie spürte das auch und rieb sich an seinem Penis.

„Ich glaube, eine Erektion ist ein gutes Zeichen, dass du dabei bist, deinen Hass für enge Räume zu überwinden", sagte sie.

„Ich glaube, du hast recht."

Es stimmte sogar. Er war sich jetzt nicht mehr so schmerzhaft bewusst wie eben noch, wie sehr die Wände ihn bedrängten und wie sehr es hier nach nassen Steinen roch. Er spürte viel deutlicher den weichen Körper in seinen Armen und ihren süßen Duft, der seinen Kopf erfüllte.

„Vielleicht sollten wir uns setzen", schlug sie vor. „Ist dafür genug Platz?"

Seine Augen hatten sich an das gedämpfte Licht gewöhnt und er nickte. Der Tunnel wurde nach hinten breiter, als er in seiner Panik gemerkt hatte, und es war nicht nur genug Platz, dass er sich hin setzen konnte, sondern auch genug Platz, dass er seine Beine ausstrecken konnte. Er behielt Pandora aber auf seinem Schoß und sie wehrte sich nicht, sondern kuschelte sich eng an ihn.

Jetzt, wo er wieder etwas rationaler dachte, kam er zurück auf das, was sie gesagt hatte.

„Du hast gesagt, dass Durva dich angefasst hat. Hat er dir weh getan?“, fragte er. Er versuchte ruhig zu klingen, aber er knurrte die Worte.

„Nicht wirklich. Ich erinnere mich daran, dass er mich angegrapscht hat, bevor ich ohnmächtig geworden bin. Ich glaube, er hat es auch nochmal gemacht, als ich bewusstlos war. Aber das war alles.“

Das war *alles*? Er wünschte, er könnte zurück gehen und dieses Arschloch nochmal umbringen.

„Lady Jay hat gesagt, dass sie dich betäubt hat? Hast du deshalb dein Bewusstsein verloren?“

„Ja. Aber woher weißt du das?“

„Sie war diejenige, die zu mir gekommen ist.“

Sie seufzte erleichtert und sagte. „Das ist gut. Durva hat sie geschlagen und ich hatte Angst, dass sie tot war.“

„Aber sie hat dich unter Drogen gesetzt.“ Er konnte nicht einfach darüber hinweg sehen.

„Das weiß ich. Aber ich glaube, sie wollte mir nicht weh tun. Sie wollte mich nur von der Insel wegtransportieren. Als sie heraus gefunden hat, dass wir sowieso wegfahren wollten, wollte sie mich warnen, aber es war schon zu spät. Ich hatte den vergifteten Apfel schon gegessen.“

„Apfel?"

„So nennen wir es auf der Erde. Ich glaube ihr nennt die Frucht Almant."

„Verstehe. Jetzt verstehe ich, was sie getan hat, aber nicht warum."

„Weil sie in dich verliebt ist, du Trottel. Sie konnte den Gedanken nicht ertragen, uns den ganzen Winter zusammen zu sehen."

„Ich war nie an ihr interessiert", versicherte er ihr.

„Das weiß ich. Und die Tatsache, dass ich weiß, dass du mich liebst, macht es wesentlich leichter, dass ich Mitleid mit ihr haben kann."

„Ich werde ihr nicht so schnell vergeben", sagte er grimmig.

„Ach, ich weiß nicht. Mit ein wenig Zeit und ein paar Blowjobs wirst du bestimmt in einer sehr nachsichtigen Lauen sein."

Sie lachte, als sein Schwanz an ihrem Körper zuckte.

„Der bleibt nie lange unten, was?"

„Nicht, wenn ich meine perfekte, schöne Partnerin in den Armen habe."

Sie rieb ihren Hintern an ihm und fragte:

„Was hältst du von Sex in einer Höhle mit deiner schönen, perfekten Partnerin?"

„Ich glaube, das ist das perfekte Heilmittel gegen meine Angst vor engen Räumen", sagte er bedeutungsschwer.

„Dann freue ich mich sehr, dich therapieren zu dürfen."

Als der Sturm irgendwann vorbei gezogen war, war von seiner Angst in engen Räumen überhaupt nichts mehr übrig geblieben.

Die Sturmböen waren vor Tagesanbruch am nächsten Tag schwächer geworden, aber Boxtar bestand darauf, dass sie aufs Tageslicht warteten, bevor sie ihren Zufluchtsort verließen. Pandora hatte keine Einwände. Es war ein überraschend gemütlicher Ort gewesen, um hier während dem Sturm auszuharren.

Der Regen war zu keinem Zeitpunkt bis zu ihnen vor gedrungen und seine Arme hatten sie warm gehalten und sie hatte sich sehr sicher gefühlt.

Sie kuschelte sich an ihn, als das erste Tageslicht in die Höhle fiel, und schaute die Wände nachdenklich an.

„Weißt du, was eine Kaldera ist?“

„Das Wort wird nicht übersetzt.“

„Es ist eine Struktur, die entsteht, wenn ein Vulkan ausbricht und dann der innere Teil kollabiert.“

„Ich verstehe. Das erklärt die Form der Insel.“

„Genau. Und die Vulkanaktivität in früheren Zeiten heißt, dass viele der Felsen wertvolle Metalle enthalten könnten. Zumindest ist das auf der Erde so. Wenn das hier auch so ist, dann müsstest du vielleicht nicht mehr stehlen, um Vorräte zu kaufen.“

Er erstarrte regelrecht und sie hatte plötzlich Angst, dass er sie falsch verstanden hatte.

„Es macht mir nichts, dass du ein Dieb bist“, sagte sie schnell. „So lange du nur von solchen Arschlöchern wie diesen

Händlern stiehlst, aber ich will nicht, dass dir etwas passiert und –“

„Hör auf zu reden“, sagte er und küsste sie so heftig, dass ihr gar nichts anderes übrig blieb, als seiner Anweisung nachzukommen.

Er fummelte mit gierigen Händen zwischen ihren Beinen umher und riss ihre Hose runter, dann legte er seinen Schwanz an ihre Öffnung und stieß ohne seine sonst so behutsame Vorbereitung in sie.

Die überwältigende Aufdehnung ließ sie in seinen Mund stöhnen und ihr Körper zitterte an der Grenze von Lust und Schmerz, doch dann bewegten sich seine Papillae in ihren Kanal hinein und die schmerzhafte Dehnung löste sich in überwältigende Lust auf.

Ihr Höhepunkt überkam sie, noch bevor er überhaupt angefangen hatte, sich in ihr zu bewegen, und schien nicht mehr zu enden. Mit jedem harten Stoß seines Körpers spürte sie noch mehr Lust, bis eine Welle heißer Flüssigkeit in ihr dazu führte, dass sie erneut so heftig kam, dass sie Sterne vor ihren Augen tanzen sah.

Ganz langsam kam sie wieder in die Realität zurück und merkte, dass er sanft ihren Rücken streichelte und ihr leise, lobende Worte ins Ohr flüsterte und sie zwischendurch sanft und kitzelnd küsste.

„Dir scheint mein Plan wohl zu gefallen.“

„Ich hätte nie gedacht, dass ich eine Wahl habe. Ich kann dir gar nicht sagen, wie glücklich es mich macht, dass es vielleicht eine Lösung gibt, die es erlauben könnte, dass du stolz auf mich bist.“

„Ich bin jetzt schon stolz auf dich. Ich liebe es, wie du für andere sorgst. Nicht nur für mich und deine Männer, sondern die gesamte Insel hier. Du bist ein guter Mann, Boxtar. Es gibt nichts, was diese Meinung von dir jemals ändern könnte."

Seine Arme schlossen sich um sie, aber er sagte nichts.

„Und es war ziemlich deutlich, wie glücklich du warst", fügte sie etwas provozierend hinzu. Er schnaubte und setzte sich auf, aber wiegte sie weiter in seinen Armen.

„Ich muss Worvak finden und mit ihm über den genialen Plan sprechen, den meine perfekte Partnerin ausgeheckt hat."

„Es gibt keine Garantie, dass es klappen wird", warnte sie ihn. „Und falls es Metalle gibt, dann sind sie vielleicht auch schwer zu finden."

„Es besteht aber eine Chance und für den Moment ist das genug."

Sie kamen aus der Höhle hervor und sahen, dass sehr viel zerstört worden war vom Sturm. Teilweise lag Schnee und es waren auch noch die Reste der eisigen Hagelkörner zu sehen.

„Wir hatten Glück", sagte er.

„Glück?"

„Es sind vor allem lose Trümmer, die umher geflogen sind. Manche Bäume sind umgestürzt, aber vor allem die, die schon alt oder angefressen waren. Der Schnee wird auch schnell wieder schmelzen, aber..."

Er umschloss ihre Hände mit seinen und sagte: „Es tut mir leid, kleiner Argal, aber ich glaube, wir können doch nicht nach Almadin zurückkehren."

„Warum nicht? Du hast doch gesagt, dass der Schnee schnell schmelzen wird."

„Schau mal raus in den Hafenkanal. Siehst du diese weißen Bereiche?"

„Ja, aber ich kann nicht sehen was das ist."

„Das sind Eisstücke. Ich hatte gehofft, dass wir mehr Zeit haben, aber sobald die hier auftauchen ist es zu gefährlich, mit dem Schiff zu reisen."

Sie spürte einen Kloß in ihrem Hals. *Quinn,* dachte sie verzweifelt.

„Ich hätte dich nicht hierher bringen sollen", murmelte er.

„Hör auf damit. Ich habe doch zugestimmt, mit zu reisen. Keiner von uns hat erwartet, dass jemand wie Durva mich entführen würde oder –"

„Ich hätte es wissen müssen."

„– oder wissen können, dass der Sturm so schnell kommen würde. Das ist doch nicht deine Schuld, Boxtar." Sie legte ihre Arme um seine Taille und umarmte ihn so lange, bis sein Körper sich etwas entspannte. „Ich hoffe nur, dass Lord Stalan sein Wort hält und die Karawane vor der Stadt anhalten wird."

Er nickte und gab dann zu: „Ich habe dem Kommandant der Imperialen Flotte in Almadin auch Bescheid gegeben."

„Wirklich? Ich dachte, du vertraust der Flotte nicht?" Er schüttelte den Kopf und sagte: „Es geht nicht um die Flotte selbst, die erfüllt einen wichtigen Zweck. Ich mag es nur nicht, wie einige der Ranghöheren ihre Machtposition ausnutzen. Soweit ich es herausfinden konnte ist der Kommandant hier auf Maskah aber ein ehrenhafter Mann."

„Dann gibt es schon zwei Autoritäten, die nach Quinn schauen werden. Ich bin mir sicher, es wird schon gut gehen."

Ihr war klar, dass sie gerade vor allem versuchte, sich selbst davon zu überzeugen, aber ihr blieb nichts anderes übrig, als einfach an ihre Freundin zu glauben. Sie wusste, dass Quinn klug und nett und wesentlich stärker war als sie aussah. Dass sie so verletzlich wirkte, zog zwar manchmal die falschen Männer an, aber auch diejenigen, die sie wirklich beschützen wollten. Vielleicht konnte dieser Kommandant, den Boxtar erwähnt hatte, einer dieser Männer sein.

Sie liefen schweigend den Berg hinab und durch die Baumgruppe hinter seinem Haus.

Auf dem Boden lagen überall Almantfrüchte, die der Sturm von den Bäumen gerissen hatte. Sie hielt an und schaute das Obst nachdenklich an. Dann fragte sie:

„Hast du nicht gesagt, dass die Vorräte im Winter knapp werden?"

„Ja, aber mach dir keine Sorgen. Dir wird es an nichts fehlen."

„Darüber habe ich mir keine Sorgen gemacht. Ich weiß, dass du für mich sorgen wirst. Ich habe nur über das Obst nachgedacht. Es liegt so viel davon hier herum."

„Leider verdirbt das Obst recht schnell, wenn es nicht mehr am Baum ist."

„Habt ihr noch nie davon gehört, dass man Obst einmachen und konservieren kann?" Sie lachte als er sie verständnislos anschaute und sagte: „Dann werde ich dir das wohl beibringen."

Sie gingen zurück ins Haus, durch die große steinerne Küche in das Wohnzimmer mit den großen Fenstern, die das Dorf unter ihnen überblickten. Sie konnte sehen, dass die Leute Aufräumarbeiten nach dem Sturm verrichteten und herabgerissene Dachziegel wieder einsammelten. Es schien aber keine schweren Schäden zu geben.

„Also werden wir den Winter doch hier verbringen, oder?", fragte sie langsam.

„Ja. Ist das schlimm für dich?"

„Ehrlich gesagt nicht. Natürlich mache ich mir Sorgen um Quinn und auch um Olivia, aber ich fühle mich...wohl hier. Wie ist es für dich, dass wir den Winter hier verbringen?"

„Nein. Es ist hier ganz anders wie da wo ich aufgewachsen bin, aber die Insel und das Meer erinnern mich an Balain und an einige meiner glücklicheren Erinnerungen."

Sie betrachtete ihn aufmerksam und er sah aufrichtig aus und... zufrieden. Er wirkte viel ruhiger, als er in der Stadt gewirkt hatte.

„Gut", sagte sie und beugte sich ihm entgegen: „Dann müssen wir nur noch ein paar mehr glückliche Erinnerungen hinzufügen."

„An was hast du denn gedacht?", brummelte er mit leuchtenden Augen.

„Wenn du dafür sorgst, dass das warme Wasser funktioniert, dann hätte ich was für deine große Dusche vor..."

Doch dann erklang ein vertrauter, schwerer Schritt im Flur und Worvak tauchte auf.

„Ihr seid also beide in Sicherheit", sagte er stirnrunzelnd.

„Ja. Wir mussten in einer Höhle an der Südkante Unterschlupf suchen."

„Und Durva?"

„Ist tot."

„Gut."

„Du scheinst nicht grade froh zu sein, uns zu sehen", sagte Pandora und lächelte Worvak an.

„Natürlich bin ich erleichtert, aber du hättest nicht so leichtsinnig ein Geschenk von dieser Frau annehmen sollen und Boxtar, du hättest nicht so leichtsinnig sein sollen und hinter deiner Frau herjagen, ohne auf mich zu warten."

Sie schüttelte den Kopf und sagte zu Worvak:

„Wenn es nach dir geht, dann ist die ganze Welt leichtsinnig."

„Ist sie ja auch."

Als sie beide lachten, lächelte Worvak auch etwas widerwillig und er sagte:

„Es werden noch ein paar andere Besucher vorbeikommen. Da ihr einiges durchgemacht habt, soll ich vielleicht etwas kochen?"

„Nein!", sagte sie schnell. „Aber könntest du uns einen Moment alleine lassen?"

Worvak schaute von ihr zu Boxtar, schnaubte und ging dann hinaus.

„Du musst nichts kochen, kleiner Argal."

„Das macht mir nichts aus. Ich koche gerne für andere. Bevor ich das mache, wollte ich dir aber nochmal sagen, dass ich dich liebe und dass du dir keine Gedanken machen musst. Ich freue mich, den Winter mit dir in deinem Haus zu verbringen."

„In *unserem* Haus. Ich liebe dich auch."

Er beugte sich hinab, um sie zu küssen, und sie seufzte glücklich. Ein gemütliches Zuhause mit einer Bibliothek, ein heißer Partner und, so wie es klang, ein Dorf voller Leute, die sich auf ihr Essen freuten. Sie hätte nicht glücklicher sein können.

EPILOG

F*ünf Monate später…*

Pandora war auf dem Bug des Schiffes und hielt angestrengt Ausschau nach Almadin.

„Glaubst du, dass das Schiff schneller fährt, wenn du da stehst?“, fragte Boxtar, der sich ihr von hinten näherte.

Seine Arme legten sich um ihre Taille und er legte sanft seine Hände auf ihren schnell anwachsenden Bauch. Sie legte ihre Arme über seine Hände. *Schwanger.* Sie konnte es noch immer kaum glauben. Auf der Erde hatte sie sich schon damit abgefunden, dass sie wahrscheinlich nie Kinder haben würde. Als sie begonnen hatte, mit Boxtar intim zu werden, hatte sie angenommen, dass sie keine gemeinsamen Kinder zeugen könnten, weil sie verschiedene Spezies waren. Das hatte wohl nicht gestimmt.

Soweit sie das rekonstruieren konnte war sie wohl bereits beim allerersten Mal, als sie Sex hatten, schwanger geworden, aber sie hatte das einfach lange nicht in Betracht gezogen. Erst als sie Housen um Rat gefragt hatte, weil sie immer erschöpfter wurde, hatte sie die Wahrheit herausgefunden. Als sie Boxtar erzählt hatte, dass sie schwanger war, wäre er fast in Ohnmacht gefallen. Doch dann hatte er sie zum Bett getragen und sie waren den ganzen Tag dort geblieben.

Sie lächelte hoch zu ihm, während er sanft ihren Bauch streichelte.

„Es kommt mir nur so lange vor, dass ich darauf gewartet habe, in die Stadt zurück zu kommen."

Das Wetter auf Sekala war schon seit über einem Monat warm und frühlingshaft gewesen. Boxtar hatte zwei kleinere Boote losgeschickt, um die Route zu überprüfen, aber beide waren zurück gekommen und hatten berichtet, dass es noch zu viele Eisschollen gab. Als diese sich endlich aufgelöst hatten, gingen sie los, und jetzt waren sie unterwegs.

„Es tut mir leid, dass ich dich nicht früher in die Stadt zurück bringen konnte."

Boxtars Stimme klang steif und sie drückte seine Arme.

„Ich weiß, dass du getan hast, was du konntest. Außerdem war ich ja nicht unglücklich auf Sekala."

Das Leben auf der Insel hatte ihr wesentlich mehr Spaß gemacht, als der schwierige Start des Aufenthalts hätte vermuten lassen. Die Bewohner waren genauso vielfältige und vielseitige Leute wie Boxtars Männer und sie hatte schnell gelernt, alle so hinzunehmen, wie sie waren. Natürlich gab es ein paar, die gefährlicher als andere waren, aber es sprach sich schnell herum, wie Durva gestorben war, und Boxtar und seine Männer hatten allen klar gemacht, dass wenn jemand Pandora auch nur ein Haar krümmen würde, diese Person ein ähnliches Schicksal wie Durva erleiden würde.

Worvak hatte sich mit dieser Warnung nicht ganz zufrieden gegeben und hatte ihr beigebracht, wie sie sich selbst verteidigen konnte. Es waren keine besonders erfolgreichen Lektionen gewesen. Sie war noch nie sportlich gewesen und wie Worvak einmal entsetzt festgestellt hatte, hatte sie keinen natürlichen Kampfinstinkt. Es half auch nicht gerade, das Boxtar total ausflippte, wenn sie auch nur den kleinsten blauen Fleck durch die Lektionen erlitt. Als sie herausgefunden hatten, dass sie schwanger ist, hatte er sofort jegliche Trainingsstunden untersagt, und sie versuchte auch nicht, etwas anderes zu erreichen. Sie vermutete, dass Worvak genauso erleichtert war, mit den Stunden aufzuhören, auch wenn er das nie zugegeben hätte.

Sie hatte all ihre Energie in das Kochen gesteckt und ihr Gebäck war schnell zu einer der beliebtesten Waren auf dem kleinen Marktplatz geworden. Sie war sich ziemlich sicher, dass das Essen sehr geholfen hatte, dass die Dorfbewohner sie akzeptierten auf der Insel. Sie hatten enthusiastisch gelernt und geholfen, so dass sie hoffte, dass die vielfältigen eingemachten Lebensmittel, die jetzt die Kammern des Schiffs füllten, ein profitables Handelsgut werden könnten, genauso wie das Erz, dass sie gefunden und für weitere Tests in der Stadt aufs Schiff verladen hatten. Sie hatten diese Hoffnungen erst einmal für sich behalten, aber sie wusste, dass alle an Bord aufgeregt und voller Vorfreude erwarteten herauszufinden, wie es laufen würde.

Selbst Lady Jay war eine Art Freundin geworden. Pandora mochte den trockenen Humor der Frau, vor allem jetzt, wo Kahil bei ihr lebte. Als Kahil hörte, was sie getan hatte war er hinunter zum Hafen marschiert und hatte ihr vor den Augen des gesamten Dorfes den Hintern versohlt. Dann hatte er sie sich über die Schulter geworfen und sie in ihr Haus getragen. Danach waren die beiden drei Tage nicht mehr gesehen worden, aber seitdem waren sie ein Paar.

Sie hatte sich Sorgen gemacht, dass Lady Jay ein schlechter Einfluss für den jungen Mann sein könnte, aber obwohl er jung und sensibel war, so war er nicht bereit, bestimmte Grenzen zu überschreiten, und es stellte sich heraus, dass es eher so war, dass er einen positiven Einfluss auf sie hatte.

Vor allem aber hatte Boxtar ihren Winter erfüllt: Wie er in der Küche saß und ihr beim Kochen zuschaute, weil sie sehr schnell herausgefunden hatte, dass es besser und sicherer war, ihn zuschauen zu lassen, als seine ‚Hilfe' in Anspruch zu nehmen. Wie er ihr half, an langen, kalten Abenden die Schriftrollen zu lesen, die er für sie gekauft hatte. Abende, die häufig ein verfrühtes Ende dadurch fanden, dass er sie zu ihrem großen Bett trug und sie auf leidenschaftliche und kreative Art und Weise verwöhnte.

Bei der Erinnerung lief ihr ein Schauer der Erregung über den Körper und sie drehte sich in seinen Armen um. Seit sie Boxtar kennengelernt hatte, hatte sie herausgefunden, dass sie eine sehr gesunde Libido hatte, aber die Schwangerschaft hatte das noch ums Mehrfache verstärkt. Sie hatten schon eine sehr befriedigende gemeinsame Erfahrung heute morgen gehabt, aber sie war schon wieder bereit für ihn.

„Wie lange brauchen wir noch?"

„Ich fürchte, noch mehrere Stunden.“

„Das ist genug Zeit. Ich glaube, ich werde in unsere Kabine gehen und noch ein Nickerchen machen.“

„Bist du müde?“, fragte er sofort. „Ist die Reise zu viel für –“

„Nicht die Art Nickerchen.“

Ihre Hand glitt zwischen ihre Körper und tauchte in seinen Hosenbund, um seine Papillae zu streicheln. Er stöhnte und sein Schwanz wuchs an und ihrer Bewegung entgegen. Sie lächelte und führte ihn zu ihrer Kabine.

„Schau mal, da!“, schrie sie, als sie sich später am selben Tag dem Hafen näherten. Selbst aus der Ferne konnte sie die kleine, rothaarige Gestalt erkennen, die neben einem riesigen daichinischen Mann stand. „Ich bin mir sicher, dass das Olivia und Baldric sind.“

Die nächsten paar Minuten vergingen quälend langsam, während die Gestalten am Ufer langsam größer wurden. Sie konnte sehen, dass ihre Freundin ungeduldig herumtänzelte, und ihr wäre fast das Herz stehen geblieben, als es kurz so aussah, als ob Olivia ins Wasser fallen würde.

Baldric fing sie aber rechtzeitig auf und selbst vom Schiff aus konnte sie sehen, dass er eine ernste Warnung aussprach.

Olivia wich rückwärts vor ihm aus und hielt sich die Hand über den Hintern. Baldric grinste nur, zog sie dann in seine Arme und küsste sie.

Pandora war erleichtert, als sie sah, dass ihre Freundin sich ihm voller Hingabe entgegen lehnte und nicht versuchte, ihm zwischen die Beine zu treten. Es sah wohl so aus, als hätte

Olivia endlich einen Mann gefunden, der wusste, wie man mit ihr umgehen musste.

Als das Schiff anlegte, bestand Boxtar darauf, sie den Anlegesteg hinunter zu tragen, aber sobald er sie abgesetzt hatte, warf Olivia sich in Pandoras Arme.

„Oh Panda, ich hab dich so vermisst und ich hab dir so viel zu erzählen und…“ Olivia zuckte plötzlich zurück und sah sie überrascht an mit den Worten:

„Oh Gott, du bist schwanger!“

Sie lachte und ihr liefen Tränen die Wangen hinunter, als sie sagte:

„Ja, das bin ich wohl.“

„Und bist du glücklich darüber?“, fragte Olivia und schaute Boxtar misstrauisch an.

„Sehr, sehr glücklich.“

„Dann ist das ja wundervoll. Ich bin glücklich für dich. Und für mich.“

„Dich?“

Olivia grinste breit und sagte: „Ja, ich bin auch schwanger. Wir werden Schwangerschaftsbuddies sein und dann können unsere Kinder ihr ganzes Leben lang befreundet sein.“

„Du bist wirklich schwanger?“

Sie betrachtete ihre Freundin intensiv, aber konnte nur ein winziges Bäuchlein sehen.

„Ich weiß, dass ich nicht so aussehe, aber ich bin definitiv schwanger. Ein ganzer Monat morgendliche Übelkeit, aber meine Brüste sind auch nicht viel größer geworden." Olivia grinste und sagte: „Nicht, dass Baldric sich daran stören würde."

Pandora lachte und umarmte Olivia nochmal.

„Ich bin so, so froh, dich zu sehen. Ich hab dir auch so viel zu erzählen, aber wo ist Quinn?"

Olivia verschlug es das Lächeln und sie sagte: „Sie ist nicht hier."

„Du meinst, sie ist nicht in Almadin? Wo ist sie denn dann?"

„Sie ist nicht einmal auf diesem Planeten. Sie ist mit einem der Kämpfer abgereist, bevor wir überhaupt in der Stadt waren."

Sie schwankte und Boxtar schlang sofort seine Arme um sie und schaute Olivia böse an.

„Mach ihr keine Angst und keinen Stress."

Olivia funkelte ihn genauso böse zurück an und sagte: „Das mache ich nicht. Sie will die Wahrheit wissen, oder Panda?"

„Ich muss es wissen. Was...was ist passiert?"

„Als wir in der Stadt ankamen, habe ich Zargan gefunden, und er hat gesagt, er hat sie an einen Kampfmeister verkauft und dieser Kampfmeister hat sie diesem Kämpfer übergeben, aber der Kämpfer wollte sie nicht zurückgeben und hat mit ihr den Planeten verlassen, um in irgendein geheimes Versteck zu gehen."

Ihre Knie fühlten sich ganz wacklig an und Boxtar knurrte.

„Aber ich glaube, es ist nicht so schlimm, wie es sich anhört", fügte Olivia schnell hinzu. „Anscheinend ist er sehr reich und berühmt und er hat ihr einen Haufen Klamotten gekauft. *Pinke* Klamotten."

Pink war Quinns Lieblingsfarbe.

„Glaubst du, er hat versucht, es ihr recht zu machen?"

„So klang es zumindest. Wir haben ihr auch eine Nachricht über seine super geheime E-mail-Adresse geschickt, nachdem Baldric die Adresse aus dem Kampfmeister rausgeprügelt hatte."

„Das ist nicht wirklich, was passiert ist, Schatz", sagte Baldric. Er hatte Olivia die ganze Zeit liebevoll angeschaut und ob ihrer Darstellung dessen, was passiert war, gelächelt.

„Naja, nah genug an der Wahrheit. Jedenfalls haben wir eine Antwort gekriegt!"

Ihr blieb fast das Herz stehen und sie fragte: „Was stand darin?"

„Dass wir ihn heute Abend in der Kampfarena treffen sollen."

„Stand irgendwas über Quinn in der Nachricht?"

„Nein, aber warum würde er uns sonst treffen wollen?"

„Wir kommen mit", sagte sie sofort.

„Natürlich tut ihr das", sagte Olivia und seufzte. „Aber zuerst müssen wir shoppen gehen. Baldric hat gesagt, dass die Eröffnungsnacht sehr schick ist."

Pandoras Augen füllten sich mit Tränen. Sie hätte nie gedacht, dass sie wieder mit ihrer Freundin shoppen gehen könnte. Boxtar verstand ihre Tränen falsch und schloss seine Arme fest um sie. Er blitzte Olivia böse an und sagte:

„Ich glaube nicht, dass das eine gute Idee ist. Meine Partnerin ist in sehr verletzlichen Umständen."

Olivia verdrehte die Augen und sagte: „Ich auch. Wir sind schwanger, wir liegen nicht im Sterben. Das ist alles ganz normal."

„Bitte, Boxtar. Ich will gehen", sagte Pandora schnell.

Er betrachtete ihr Gesicht und nickte dann mit den Worten: „Dann werden wir shoppen gehen." Er schaute jetzt etwas weniger ernst drein und fügte hinzu: „Schließlich ist das eine von Worvaks Lieblingsbeschäftigungen."

„Du bist mir was schuldig", raunte Worvak in Boxtars Ohr.

Sie saßen in einer Abteilung eines teuren Kleiderladens und warteten, während die Frauen Kleider anprobierten.

„Du hättest nicht mitkommen müssen", erinnerte er seinen Freund.

„Ich vernachlässige meine Pflichten nicht, nur weil sie unangenehm sind."

Baldric lachte. Sein riesiger Körper war in einem der viel zu kleinen Stühle des Ladens ausgebreitet und er schien nichts daran auszusetzen zu haben, auf seine Partnerin zu warten. Eine Partnerin, die gerade mit der Angestellten darüber stritt, was die richtige Art war, das lange Stoffstück hinten an dem Kleid, das sie trug, anzubringen.

„Ich glaube, der könnte man das Kämpfen beibringen", sagte Worvak nachdenklich, als er die Interaktion beobachtete, und Baldric erschauderte und sagte dann:

„Bitte schlag ihr das nicht vor. Sie ist kämpferisch genug."

„Das ist doch ein Grund, ihre kämpferische Art in eine gezielte Richtung zu lenken."

Baldric grinste und sagte: „Ich weiß schon, wie ich ihre Art lenken kann."

Boxtar entschied, dass er lieber nicht nachfragen wollte und schaute zu der Umkleidekabine, in der Pandora sich befand. Widerwillig hatte der Ladenbesitzer Worvak schon bestätigt, dass es keine anderen Eingänge in den Laden gab, und das einzige Fenster war so hoch oben und viel zu klein, als dass jemand herein kommen könnte.

Als sie den Vorhang zurückschob und heraustrat, schien jeder Tropfen Blut sofort in seinen Penis zu fließen.

Beide Frauen hatten sich entschlossen, etwas Pinkes zu tragen in der Hoffnung, dass sie mit ihrer Freundin wiedervereint werden würden. Pandoras Kleid war blassrosa, nur ein paar Farbtöne dunkler als ihre glänzende Haut. Das Kleid war aus einem samtig weichen Stoff, der elegant um ihren Körper fiel. Der Ausschnitt zeigte zwar nur die oberste Kurve ihrer wundervollen Brüste, aber irgendwie schien der Schnitt die Brüste trotzdem noch mehr zu betonen. Die kunstvoll genähten Falten und die Art, wie der Stoff fiel, betonten auch die üppigen Kurven ihres Hinterns und ihren runden Bauch. Sie hätte eine antike Fruchtbarkeitsgöttin sein können, die zum Leben erweckt wurde.

Er wollte sie am liebsten stolz dem ganzen Imperium präsentieren und sie gleichzeitig in ein Zimmer sperren, so dass nur er ihre Schönheit anbeten konnte. Natürlich wusste er aus Erfahrung, dass es eine schlechte Idee wäre, sie jemals wieder in ein

Zimmer einzusperren. Er ging ihr entgegen und sie fragte etwas besorgt:

„Wie findest du es?"

„Ich finde, dass ich noch nie etwas so schönes gesehen habe. Ich wünschte nur, ich müsste dich mit niemandem teilen", fügte er ehrlich hinzu und zog sie so eng an sich, dass sie seine Erektion spüren konnte.

Sie riss kurz überrascht ihre Augen auf und lächelte ihn dann langsam und verführerisch an und sagte:

„Du musst nur den Anblick des Kleides teilen. Niemand außer dir kriegt zu sehen, was darunter ist."

Sein Schwanz zuckte und sie lächelte erneut.

„Der Stoff ist auch wirklich dünn. Wenn man da kurz an der richtigen Stelle zieht..." Sie fuhr mit ihrem Finger den Ausschnitt entlang und er sah, wie sich ihre Brustwarzen von innen gegen den dünnen Stoff drückten.

„Ich weiß genau, an welcher Stelle ich ziehen will", brummte er.

Sie beugte sich zu ihm, doch dann zögerte sie, als Olivia nach ihr fragte.

„Heute Abend?", fragte sie ihn.

„Heute Abend.", versprach er ihr. „Wenn ihr deine Freundin gefunden habt."

„Glaubst du, dass wir sie finden werden?"

„Ja." Und falls nicht, dann würde er alles in seiner Macht stehende tun, um sie zu finden. Ihr stiegen wieder Tränen in die Augen, wie das bei schwangeren Frauen oft der Fall ist.

„Danke. Ich liebe dich, Boxtar.“

„Ich liebe dich auch, Pandora.“ Er drückte ihr einen Kuss auf die Lippen und gestikulierte dann in Richtung Olivia, die seinen Freund böse anschaute. „Jetzt geh mal und rette Worvak vor Olivias Zorn.“

Sie lachte und ging los. Das Kleid tanzte verspielt um ihre Hüften. Er hätte niemals gedacht, dass er irgendwann in einer exklusiven Boutique auf einem abgelegenen Planeten landen würde mit einer schönen und schwangeren Partnerin, aber er war noch nie so glücklich gewesen. Er hätte sich kein besseres Schicksal wünschen können.

ANMERKUNG DER AUTORIN

Vielen Dank, dass sie ***Pandora und der Häftling*** gelesen haben! Pandora ist eine meiner Lieblingsheldinnen: Eine kurvige Bibliothekarin, die gerne kocht. Natürlich mag ich auch Boxtar sehr gerne: Ein unfreiwilliger Räuber mit einem Herz aus Gold.

Egal, ob ihnen die Geschichte gefallen hat oder nicht, ich würde mich sehr über eine ehrliche Bewertung auf Amazon freuen. Wenn sie ihre Meinung da lassen, dann ist es für andere LeserInnen viel leichter, meine Bücher zu finden.

Wie immer möchte ich mich bei meinen Lesern und Leserinnen bedanken, dass sie sich mit mir auf diese Abenteuer begeben! Ohne sie wäre das alles gar nicht möglich.

Wie immer auch ein spezielles Dankeschön an mein Betateam: Janet S, Nancy V und Kitty S. Eure Gedanken und Kommentare sind so unfassbar hilfreich!

Nächstes Buch - ***Quinn und der Bezwinger*!**

Als Quinn an einen furchterregenden außerirdischen Kämpfer übergeben wird, der sie in ein abegelegenes Anwesen weit ab von allem Trubel bringt befürchtet sie das Schlimmste: Doch kann sie zu dem einsamen Mann durchdringen, der hinter der furchteinflößenden Fassade steckt?

Quinn und der Bezwinger ist auf Amazon erhältlich!

Für Diejenigen von ihnen, die gerne mehr über den Gefängnisplaneten erfahren würden, auf dem Boxtar in Haft war lohnt es sich meine Reihe: Folsom Planet Blue series anzuschauen!

***Alien Most Wanted: Gefangene Bestie*!**

Für alle Neuigkeiten was meine Bücher betrifft, können sie gern meine Webseite besuchen: www.honeyphillips.com!

BÜCHER VON HONEY PHILLIPS

ALIENENTFÜHRUNG

Anna und der Alien

Beth und der Barbar

Cam und der Krieger

Deb und der Dämon

Ella und der Imperator

Faith und der Kapitän

Greta und der Wachmann

Hanna und der Hitman

Izzie und das Eisbiest

Joan und der Zerstörer

Kate und der Kraken

Lily und der Löwe

Mary und der Minotaurus

Nancy und der Naga

Olivia und der Ork

Pandora und der Häftling

Quinn und der Bezwinger

Folsom Planet Blues

Alien Most Wanted: Gefangene Bestie

Alien Most Wanted: Knastgefährte

Alien Most Wanted: Strippenzieher

Alien Most Wanted: Entfesselt

Gehörnte Feiertage

Krampus und die Hexe

Ein Geschenk für Nicholas

Fairhaven Falls

Cupcakes für meinen Orkfeind

Ärger für meinen Troll

Ein Feuerwerk für meinen Drachenboss

Die Single Mom und der Ork

Ein Mistelzweig für meinen Minotaurus

Ein Valentinsschatz für meinen Vampir

Den Elementen Ausgeliefert

Das Nackte Alien

Das Nackte Minimum

Eine Frage der Nacktheit

Das muskulöse Biest

Die Liebesvisitation

ÜBER DIE AUTORIN

Honey Phillips schreibt heiße Science-Fiction-Geschichten über attraktive Alienkrieger und die menschlichen Frauen, denen sie nicht widerstehen können. Von Entführungen zu Invasionen kann es ein wilder Ritt sein, aber das Ende ist immer befriedigend.

Honey schrieb und illustrierte ihr erstes Buch im zarten Alter von fünf Jahren. Ihr Schreiben hat sich seitdem weiterentwickelt. Ihre Zeichenkünste leider nicht. Sie liebt schreiben, lesen, kochen und Sekt trinken – nicht notwendigerweise in dieser Reihenfolge.

Honey liebt es, von ihrer wundervollen Leserschaft zu hören! Sie können sie an jedem der folgenden Orte stalken...

www.facebook.com/HoneyPhillipsAuthor
www.bookbub.com/authors/honey-phillips
www.instagram.com/HoneyPhillipsAuthor
www.honeyphillips.com

Printed in Poland
by Amazon Fulfillment
Poland Sp. z o.o., Wrocław

40972323R00131